ハツコイハツネ

持地佑季子

集英社文庫

ハツコイ

Hatsukoi
Hatsune

ハツネ

プロローグ

思い掛けず落ちてしまった。

会社近くの、何の変哲もないチェーン店のコーヒーショップで、唐突に、何の予期もせずに。

多分、こういうのを落ちたというのだろう。

いつものようにブレンドコーヒーを頼み、カウンター端にあるランプの下で出来上がるのを待っていると、

「お待たせしました」

店員さんの爽やかな声が聞こえてきた。

「ごゆっくり、お召し上がり下さいませ」

何気なしに顔を上げると、目が合った。今までだったら、そのまま会釈して去っていくところだけど、僕は、その場で硬直してしまった。

要するに、その瞬間に落ちてしまったのだ。

春に向かう陽光が店内を照らし、彼女の薄茶色の虹彩《こうさい》を光り輝かせていた。綺麗《きれい》な目だった。もしかしたら、僕にだけ光っているように見えるのかもしれないし、ただ単純に灯《あか》りが反射してるのかもしれないけど、とにかく僕には彼女の目が、いや、彼女自身が光り輝いて見えた。

だけど、そんな風に思っているのは僕だけだったようで、硬直している間に、彼女は嫌味なく目線をすっと外し、別のお客さんに笑顔を振りまき始めた。

「あの、すみません」

後ろに並ぶ女性客が、微動だにしない僕に、非難めいた声をあげる。

我に返り、頭を下げながら、ブレンドコーヒーが入ったカップを持ち、カウンター近くの席に座った。

椅子に座ると、ふぅっと息を吐く。今、突然生まれた感情について、整理する必要があった。

本当は、今日の報告書を書くつもりでこの店に立ち寄ったのに、どうやらそれは会社に戻ってからになりそうだな、と変な覚悟をした。

ちらりと横を向くと、カウンターの中にいる彼女は、慣れた手つきでオーダーである注文商品を次々に作り上げていく。

多分、年齢は僕と同じぐらいだと思う。

色素の薄い茶色の髪を頭のてっぺんで縛り、色白の清潔そうな肌に薄茶色の瞳を持っていて、真っ白のTシャツにジーパン、そしてコーヒーショップのロゴが入ったエプロンをしていた。

あまりにも凝視していたせいか、それとも変な気配を感じたのか、彼女は手をピタリと止めると、突如顔を上げた。

無遠慮に見ている弁明をしなくては、いやその前に目線を外さなければ、そう頭の中で分かっていても、僕は彼女から目が離せなかった。

彼女は僕を、店員を見ている客と認識をしたのか、誰にでもするような笑顔を一瞬見せると、自分の仕事に戻った。

だけど僕は、そんな彼女の真剣な表情や、動作一つ一つに目を奪われていた。

来店した客に向け挨拶する表情や、飲み物を作り上げていく手つき。

彼女の仕草を追いかけるたびに、胸の奥にある電灯が、一つずつ順番に点灯していくのに気付いた。

初めての感覚だった。他人が光り輝いて見えるのも、自分の胸の奥が光っていくのも。

まさか今日、通い詰めているコーヒーショップで、こんなことが起きるなんて思いもしなかった。

だけど……これって、どうしたらいいのだろうか。

僕は彼女の名前も知らない。プライバシー保護のためか、ネームプレートも見当たらない。店員と客として以外、何の関わりもない彼女に突然声を掛けるなんて出来る訳ない。そんなことをしたら、薄気味悪がられて終わるだけだ。

ちらりと振り返ると、彼女はまた何かしら飲み物を作っていた。

仕事はいつ終わるのだろう。確かこの店は、午後九時に閉店のはずだ。それまで、ここにいるのかな。

名刺とか、会社名の入った何かを見せたら、彼女はまともな社会人として、僕を相手にしてくれるだろうか。

あぁ、いや待ってくれ。

結局は、何の関わりもない男から声を掛けられるのに違いはない。

いや、でも、それでも何も知らないよりはマシだよな。

頭の中に、二人の自分がいて、一人は引き留めて、もう一人は煽《あお》って、主体である僕は、二人の行き交う声に頭が爆発しそうだった。

もし、これが会社員ではなく学生だったら、軽く声を掛けられたかもしれない。

でも僕は、一応社会人二年目になろうとしていて、ある程度の常識は持ち合わせている。

もうこの際、彼女を忘れてしまおうか。

僕は今日、この店に寄らず、何も気付かなかった。彼女との出会いを無かったことにすれば、今のこの葛藤も、早々に解決するはずだ。

だけど……そう簡単に忘れられるのかな。

暗かったはずの胸の奥は、全ての電灯が灯《とも》り、目を細めそうなくらいピカピカに光っている。

そんな気持ちを、はい、やっぱりやめました。なんて簡単に、一灯ずつ消していけるだろうか。

今までだって、電車や街で見かけて、可愛《かわい》い子や感じがいいなと思った女性は沢山いた。でもそれは、人の流れに乗って歩いていくうちに忘れていき、一日を終える頃には、顔すら覚えていなかった。

その女性たちと同じように、彼女も忘れていくのかな。

どうしようか。どうしたらいいのだろうか。

明日も、彼女はここで働くのかな。例えば、今日だけ、この店舗にヘルプでやってきたとかはないかな。

そうだった。今まで通い詰めていたのに、彼女に気付いていないのだから、それも有り得ない話ではないはずだ。もしかしたら、今日のこの機会を逃してしまえば、もう二度と彼女に会えなくなってしまうのだろうか。

僕が悩んでいる間も、オフィス街にあるコーヒーショップの客足は途切れず、次々に注文する声が聞こえていた。

もうだめだ。これは一度、頭を冷やした方がよさそうだ。

とにかく今日の報告書を書いて、一度、このフワフワと浮き足だっているものを落ち着かせよう。

カウンターの彼女をチラリと見る。だが、その瞬間、えっ、と声が出そうになった。

彼女はカウンター内にいる同僚に「お先に失礼します」と挨拶をし、店奥のドアをくぐっていったのだ。

僕は、思わず壁に掛かっている時計を見る。午後五時十五分を指していた。

どうやら午後五時までのシフトのようで、十五分のちょっとした残業をし、代わりに出勤したスタッフが落ち着いたところで退勤したようだ。

僕が、どうしたらいいのだと頭の中を真っ白にしている数分の間に、私服に着替えた彼女が早々とバックヤードから出てきた。

先ほどまでのTシャツにジーパン姿とは違う、白色のシャツワンピースを着ている。

薄《う》っすらと化粧もしたようで、頬は血色がよくなっている。口元もリップを塗ったのか潤いがあった。

彼女は、同僚スタッフに挨拶をすると店を出た。

どうしよう、どうしたらいいのだろう。

雑踏に消えていく彼女を見送るしかない僕は、この世の終わりのような顔になっていたに違いない。

こんなにも喪失感を味わったのは、数年前、ピアノを諦めた時以来かもしれない。

太ももに置いている拳にギュッと力を入れる。

またあの時と同じような決断を自分自身でしてしまうのか。

いや……それだけは嫌だ。もうあんな気持ちになるのはうんざりだ。

僕は立ち上がり、一口も飲んでいないコーヒーを返却口まで持っていくと、入り口のドアを押す。

暖かかった店内から、外のうすら寒い空気に触れ、皮膚がピリッとひりつくのも構わず、サラリーマン、ＯＬ、買い物帰りの主婦などの隙間をすり抜けていく。

こんな風に誰かを追いかけるのは初めてだ。女性はもちろんのこと、男性にも友人にも、今までに一度だってない。

でも、今回ばかりは何かが違う気がする。

駅に向かう人の群れを、小走りに抜けていくと、彼女の背中を見つけた。

頭のてっぺんで結んである薄茶色《の》の髪の毛が、機嫌よさそうに左右に揺れている。

声を掛けようと決意の息を呑む。でも躊躇《ちゆうちよ》した。

どうしよう、やはりこれって軽薄だよな。急に冷静になって立ち止まった。

その時だった。彼女は何かを察知したのか、不意に振り返った。

突如現れたサラリーマンに驚き、茶色い瞳を激しく揺らしている。

僕自身、意思が固まっていない状態で、

「あ、あの、えっと……」

彼女を前に、尻込みしてしまう。

この後、なんて言葉を続ければいいのだろう。彼女を追いかけたのはいいけれど、先々のことまで何も考えていなかった。

ナンパだと思われないようにするには、どうしたらいいのだろうか。

そうか、初対面の人には、まずは、自己紹介からというのが営業の鉄則だ。

「僕、由良亮介《ゆらりょうすけ》と申します。二十三歳です。すぐそこの立芝《たてしば》フーズで営業をしてます」

「……営業」

彼女は、名前や年齢、会社の名前よりも、何故《なぜ》か営業という職種が気になったようで、ポツリと呟《つぶや》く。

「はい、営業です！　冷凍食品を売ってます！　先ほど、あなたがコーヒーショップで働いているのを見かけて、あなたは知らないかもしれませんが、僕、あそこの常連客でして、あ、でも、あなたを見かけたのは今日が初めてでして、一年ぐらい通ってはいたんですけど一度も見かけたことがなくて、もしかしたら、もう会えなくなるかもしれないなって思って、それで声を掛けて……」

興奮して、支離滅裂のよく分からない自己紹介を続けてしまった。

「あの、何が言いたいかと言いますと……一目惚《ひとめぼ》れしました！」

彼女は一ミリも動く様子もなく、固まったままその場に立ち尽くしている。

駅へ向かう人の波は途切れず、僕と彼女の様子を横目で窺《うかが》いながら、自分たちには関係ないと次々に通り過ぎていく。

もう少し場所を選べばよかった。これじゃ彼女だって気分が悪いだろう。

僕は自分の余裕のなさに、彼女の顔が見ていられず顔を伏せた。

合格発表をその場で受け取る受験生のように、彼女の返事を待ち続ける。いや、合格発表も何も、僕はその合否の通知をもらえるほどの立場にはないだろう。

なんだか急に冷静になってしまい、恥ずかしくなる。

まだ顔は上げられないけれど、彼女は困った顔をしているに違いない。なんで初対面の男にこんなこと言われないといけないのか、そう思っているのかもしれない。

「由良……亮介さん」

接客時にも思ったけれど、彼女の発する声は泉のように澄んでいて心地よい。

「はい。由良亮介っていいます」

「由良君」

「はい。由良……です」

僕は、彼女の親し気な呼び方に、へ？　と思わず顔を上げる。

目の前にいる彼女は、何故か泣きそうな顔をして、茶色い瞳を潤ませている。

「私、真中《まなか》です。真中香澄《かすみ》」

そう言った途端、彼女の目から大粒の涙がポロポロと零《こぼ》れ落ち、彼女のシャツワンピースにポツポツと跡がつく。

駅に電車が入っていく轟音が聴こえ、僕たちの横を行き交う人たちが走り出した。

だけど、僕と、そして彼女だけは、時が止まったようにスローモーションになり、静まり返っていた。

「真中香澄……」

彼女はポケットからハンカチを取り出し、流れ続ける美しい涙を拭う。

泣いている彼女を不思議に思いながら、僕は突如、中学生の頃、通学路にあった桜並木を思い出していた。

寝ても寝ても眠くてしかたなかったあの頃。眠い目を眩《まぶ》しそうに細めて歩いた桜並木。まだ何者でもなく何者にでもなれた、あの頃の僕たち。

「久しぶり、由良君」

再び、彼女の澄んだ声が聞こえ、僕の時は、ゆっくりと動き出した。

1

真中香澄と初めて会ったのは、九年前、中学二年生と三年生の間の春休みだった。

その頃住んでいたのは、神奈川県の鎌倉《かまくら》市という街で、物心つく前から習い始めたピアノに夢中になっていた僕は、将来はピアニストになるものだと信じて疑わなかった。

本来なら春休みなので、自宅で練習をすればいいのだけど、二年生になった辺りから母と折り合いが悪くなっていて、もうずっと学校の方が居心地よくなっていた。

学校は、自宅から歩いて十五分で着く場所にあり、正門までの道沿いには、桜が並んでいて、三月の終わりの週だからか、ピンク色の花が満開に咲いていた。

音楽室はそんな桜並木側にあり、風が一吹きするたびに、カーテンが揺れ、花びらがちらほらと侵入してきた。

春休みの、ましてや朝の早い時間のためか、校舎内は部活をしている生徒すらいないらしく、静まり返っている。

まるで学校全てを自分のものにしたかのような優越感に浸りながら、僕は一心不乱に練習を始めた。音楽室のピアノは黒い翼を持つグランドピアノで、定期的に調律師に点検してもらっているおかげか機嫌がよかった。

指ならしのために、誰もが聴いたことのある曲を何曲か弾き、さて、いよいよ本格的にという時だった。

カタリと、どこからともなく物音が聞こえ、顔を上げると、音楽室の前の入り口に見たことのない制服を着た女子が立っていた。

僕たちの学校がセーラー服なのに対し、目の前にいる女子は紺色のブレザーを着ている。しかも足元は、来客用の茶色のスリッパを履いていた。

学年は同じぐらいだろうか。どこかの中学が部活の試合か何かで来訪したのか。そんなことが頭をかすめた。

鎖骨辺りの長さの髪に、離れていても分かるほどの薄茶色の瞳が特徴的で、小柄な可愛らしい顔の女子だった。

「素敵な音を出すのね」

彼女は突如そんなことを口走る。

音を出す。という表現が不思議で、僕は声が出せずにいた。

音を奏でると言われたことは沢山あるけれど、音を出すだなんて。それに素敵だなんて。

彼女は、僕が今まで一度も言われたことのないフレーズを恥ずかしげもなく口にしたのだ。

なんだか無性に照れてしまって、「そう？」と素っ気なく返答すると、再び練習に戻り、ピアノを弾き始めた。

もちろん照れ隠しというのもあるし、カッコつけたというのもある。

だけど、彼女はそんな感じの悪い僕を気にもせず、扉のそばに立ち続けていたが、練習に夢中になっていると、いつの間にかいなくなっていた。

「声掛けてくれたらよかったのに」

もう会えないかもな。そんなことを考えているうちに新学期になり、彼女と再会したのは始業日だった。

真新しいセーラー服を着た彼女が、僕と同じ二組に転校生としてやってきた。

「真中香澄です。よろしくお願いします」

僕たちの学校は二年に進級する時しかクラス替えがないので、三年生の新学期にやってきた彼女をクラスメイトは物珍しく迎えた。

彼女の可愛らしい顔立ちは、初日で男たちを歓喜させ、気遣いの出来る性格は女子からも人気だった。

そして僕は、そんな彼女を遠くから眺めているだけだった。

なんだか面白くなかった。転校してきた彼女は僕を見向きもしない。どうやら、春休みのあの日を忘れているようなのだ。

その頃の僕は、授業が終わると都内の音大の先生から指導を受けていたのだけど、電車の時間の関係で、一時間だけ音楽室で時間を潰していた。

その日の放課後も、いつものように電車を待つためにピアノを弾いていると、カタリと音がし、顔を上げると、あの時と同じように彼女が扉のそばに立っていた。

クラスメイトにも、ましてや彼女にも、この放課後の練習の話をした覚えはないのに、彼女はそれが当たり前のように立っていて、一時間黙ったままその場に立ち尽くしていると、

「やっぱりいい音がする」そう言った。

「これから都内だなんて、大変だね」

学校から駅までの道のりを、僕たちは歩きながら話した。

桜はすっかりと葉桜になっていて、ピンク色の風景が、いつの間にか緑色の世界へと変貌を遂げていた。

麗《うら》らかな天気の温《ぬく》もりは新入生を応援しているように優しくて、上級生である僕たちは、その優しさにあやかっていた。

「まぁ、小学生の時からだから、もう慣れたよ」

「そっか」

「っていうか、僕のこと忘れてるのかと思ってた」

彼女は、

「忘れる?」キョトンとした顔をする。

「いや別に、短い時間だったから、忘れられても仕方ないんだけど」

僕がそんなことを言うと、彼女は、

「忘れるわけないよ、あんな綺麗な音を出す人、いないもの」と茶色い瞳を揺らした。

僕は照れているのを悟られないように別の話題を振る。

「真中さんは、どうしてここの学校に転校してきたの?」

先日は、転校の手続きで学校に来ていたらしく、だから違う制服を着ていたようだった。

「祖母がこの近くの病院に入院することになって、それで家族で引っ越してきたの。久《く》米《め》診療所っていうの、知ってる?」

久米診療所は、学校よりももっと坂を上ったところにある病院で、自宅が近い僕は何度か世話になったことがある。

優しいおじいちゃん先生がいて、この辺りの住人は殆《ほとん》どが通院したことのある診療所だ。だけど、あそこに入院というのは何だか不思議な感じがした。総合病院なら駅の反対側にもあるし、国道沿いにはもっと大きな病院もあるからだ。

彼女は、僕が黙ったのを敏感に感じ取ったのか、

「久米先生と祖母が昔からの友人なの」そう説明を付け足した。

「あぁ、そうなんだ、なんの病気なの？」

ついそんなことを聞いてしまい、自分の無神経さに気付いて後悔した。

本当のことを言うと、女子と二人で歩くのが初めてで、緊張して余計なことを口走ってしまった、が正しい言い訳だ。

「難しい病気で……まだ解明がされてないって言われてるの」

「そ、そっか、ごめん」

彼女はどこか寂しそうな顔をしていて、後悔した僕は、その後、駅までの数分の道のりを無言で過ごした。彼女も僕に合わせて無言で歩き続けた。

だけど、駅に着いた時に、鈍感な僕はようやく気付いたのだ。

「あれ？　電車に乗らないの？」

ＩＣカードをタッチし、改札を抜けた僕は、彼女が改札を通らずに立ち止まっているのを見つけた。

「うん。お見舞いに行くから」

「え？　あ、そうなの？」

病院は、学校を出て左方向にある。駅は右方向。

どうやら彼女は、僕と話をするために駅まで歩いてくれたようなのだ。それが僕のうぬぼれでなければの話なのだけど。

「じゃあ、頑張ってね、由良君」

「え？　あぁ、ありがとう」

「私、由良君の音のファンだから」

彼女は薄茶色の瞳をフワッと揺らすと、今まで歩いてきた道を走っていった。

そして僕はというと、列車の入線のアナウンスが流れているにも関わらず、彼女の言葉を何度も反芻《はんすう》しながら、その場に立ち尽くしていた。


♪


思い掛けない再会の翌日。同期の城内《じょうない》を誘って会社近くの居酒屋へとやってきた。

僕の勤める会社は築地《つきじ》で冷凍食品を販売している。名前を言えば殆どの人が知っている老舗の会社で、僕は営業部、城内は広報部で働いている。城内と僕は性格も容姿も正反対なのだけど、同期ということもあり、何でも相談出来る仲だ。というか、僕が一方的に頼りにしているともいえる。

頼んでいたビールが届き、

「とりあえず、乾杯」とジョッキを互いにあて、一気に飲む。

喉がある程度うるおったところで、僕は昨日の再会を城内に話した。

まず、僕が一目惚れをしたところで、城内はビールを持つ手を止め「ほう」と感嘆の声をあげ、次に彼女を追いかけて店を出たところで「ん？」と疑問の声をあげ、ジョッキをテーブルに置いた。そして、僕が彼女に声を掛けたところで、

「お前が？」と目を見開いたのだった。

確かに、昨日の行動は、自分でも自分とは思えないほどのものだ。仕事ならまだしも、初対面の女性に声を掛けるなんて。まぁそれが結局は同級生だったのだけど。

「中学の同級生ねぇ。そんな偶然、こんな都会であるなんてなぁ」

城内は、都市伝説を目の当たりにしたような声をあげる。

「僕も驚いたよ。全然気付かなくて」

「まぁ中学っていったら、八年？　会ってないんだもんな。気付かなくて当然っちゃ当然か。でもそれで一目惚れだもんなぁ、あの由良が」

城内が、あの、と言っているのは、それほど僕が恋愛系に疎いからだ。城内主催の合コンやらキャンプやら登山やらのイベントごとも、ことごとく断っている。そんな風に言うと、モテてることに興味ないみたいに聞こえるが、そんな訳あるはずがない。

ただただ他人と接触するのが苦手というだけで、まぁ、そんな奴《やつ》が営業職をしている

のもおかしな話なのだけど。

「で、声を掛けて、同級生って気付いて、どうなった？」

「え？　あぁ……えっと」

実はあの後、彼女は、電車に乗らなくてはいけないため、

「またお店に来てね、絶対よ」

そう言い、改札の中に入ってしまったのだ。

「は？　それでおしまい？　ＬＩＮＥを交換するとか何もしなかったのか？」

「う、うん」

「それは、営業としてあるまじき失態だな」

仕事とプライベートを一緒にするなんて、とは言うけれど、城内は仕事のノウハウが恋愛にも生かせるといつも豪語していた。

僕は恋愛にノウハウとかそういう考えは必要ないと思っている派だ。

あくまで自然に感情の赴くままにって、そう思っていたけれど、いざ目の前に想《おも》い人《びと》が現れると、どうしていいのか分からなくなって、何が何でも振り向いてもらいたくなる。

「あのさ、この後どうすればいいと思う？」

「それって、彼女とどうにかなりたいってことだよな？」

「……うん」

いくら恋愛に消極的な僕でも、一目惚れして、それが中学時代の同級生と知ったら、運命というものを意識してしまう。

しかも、向こうは僕の顔も名前も覚えていてくれたのだ。これが運命じゃなければ、何を運命と言うのだろうか。

ましてや、この東京という都会で、中学の同級生に偶然出会える確率なんて、何万分の一にも満たないだろう。いや、一生有り得ない。

「お前と同期になってもうすぐ二年目になるが、ようやく俺の出番がやってきたか」

城内は社内でも社外でも女性によくモテる。もちろん広報部で会社の花形というのもあるけれど、性格は明るくて気が利くし背も高く見た目もいい。そんな男だからこそアドバイスが欲しかった。

もちろん自分の力で彼女とお近づきになりたい気持ちはある。というか既に同級生という切符は持っているのだから、自分でどうにかしたらいいのかもしれないけど、僕には、そのどうにかが、まるで分からなかった。

「中学生だった時は、どれくらい仲良かったんだ？」

「まぁ、他の女子たちよりは仲良かったかな」

「へぇ～由良がねぇ。あっそれって、もしかしてお前の初恋？」

「え？　いやいや、ただ遊びに行ってただけで」

城内は、全てを見透かすようにジッと僕を見た。

「遊びって、二人きりで？」

「まぁ」

「やっぱり初恋じゃん。卒業の時とかに何も無かったのか？」

「何かって？」

「告白的なもの」

「無いよ、そんなもの。っていうか彼女は三年の秋に転校したんだ。それも突然。だからそういうものは一切無かった」

「ふ〜ん。で、そこから音信不通？」

「うん」

そうなのだ。彼女は三年生の新学期と共に転入してきて、二学期が始まった秋頃には再び転校していった。それも突然のことで、挨拶も何もなく、転校先など誰も知らないようだった。そしてそれ以来、同級生からも彼女の噂《うわさ》を聞かなかった。

城内は、なるほどねと呟くと俺の出番と言った割に、

「もうさ、普通にご飯行きませんかって声掛ければ？」

なんて身も蓋もない助言をした。

「そんな」

　僕が、あんまりだとぼやくと、

「だってさ、同級生だったんだから、もう普通に声掛けちゃえばいいじゃん。そうだな、それにプラスして、一目惚れしたら元同級生だった、これって運命じゃない？　って付け加えちゃうといいかも、うん、それだな。だって一目惚れしたって彼女に言ったんだろ？」

「まぁ、うん、そうなんだけど」

　彼女が同級生だとは気付かず、僕は、一目惚れしました、なんてことを口走ってしまった。その後、彼女は電車に乗ったから、その件について、まだ何も話していないけど、一日経《た》って考えると、同級生にそんなことを言うって、もはや恥ずかしさを通り過ぎて、顔ではなく、耳や口から火が噴き出て火傷《やけど》しそうだ。

　同窓会なんかが近々あったらネタになる案件だろう。

「でもさ……ご飯行きませんかって、元同級生とはいえ、何だかナンパみたいじゃない？」

「まぁ、ナンパっていえばナンパかもしれないけど、てか、声掛けたんだから、同級生じゃなかったら普通にナンパだったじゃんか」

　城内はジョッキのビールを口にする。

まぁ確かに言われてみればそうなのだ。昨日の僕の今までにない大胆な行動は世間ではそういう名前を持っている。

「でもさ、世の中の男女の出会いって、大概そういうものじゃね？　例えば、仕事で一緒になったって言っても、どちらかが声を掛けなければ何も始まらない訳で、じゃあそこで声を掛けて、それもナンパなのかって言われたら、いや仕事で一緒になったから違うってなる訳っしょ？　初めは知らなかった者同士がナンパと同じように声掛けたっていうのにさ」

「確かにそうだけど……」

「それなのにナンパだって毛嫌いするのはおかしいと思うぞ、俺は」

なんだか城内の巧みな話術に言いくるめられているような気がしないでもないけれど、とりあえず「まぁ、そうだよね」と返事をする。

「な、それなら、ナンパでもいいから、もう声掛ければいいじゃんってなる訳よ、俺からしたらね」

「まぁ、うん……」

「あとさ、あれ、よく言うじゃん、後悔の話。しなかった後悔とした後悔。あれってアメリカで研究されて統計出てるらしい」

「そうなの？」

「しなかった後悔は、した後悔よりも倍以上、将来的に思い出す確率が高いらしい。あの時あぁしとけば、あの時あぁしなかったからってね」

「倍以上……」

「まぁ人間は頑張らなかった過去を悔やむ方が多いから、そうなるんだと思うんだけど、でもそれを考えるんだったら、結局は、やらなかった後悔よりも、やって後悔した方がいいってことだよなって思う訳よ」

城内は、ビールを一気飲みし、「すみません！　おかわり！」と声をあげた。

「やらなかった後悔か」

僕はその後悔を嫌というほど知っている。今も尚《なお》忘れられず、後悔真っ最中だからだ。

「た、たとえば、ご飯行きませんか以外だったら、なんて声を掛ければいいのかな。初心者でも簡単なものはない？」

城内は、お、ようやくやる気になったなと顔を僕に向ける。

「そうだなぁ〜。やっぱりさ、もう一度、一目惚れしましたって素直に言っちゃえば？同級生だったって知らずに、って付け加えてさ」

「そ、それで……成功する？」

「う〜ん。分からない。でも恋ってそういうもんじゃん。成功も失敗も何があるか分からないっていうか」

「そんな無責任な」

「何言ってんだ、人の恋路なんか無責任じゃないと聞ける訳ないっしょ、もしくは酒のつまみ」

城内は、はっはっはと無責任な笑いをし、店員が持ってきたビールを受け取ると、

「言っておくけど、そんなに可愛いなら、さっさと告白しないと他の男に取られるからな、ま、これは俺の後悔だけど」

そう言って、また浴びるように飲み始めた。


翌日、僕は二日酔いの頭を引きずりながら、近所の商店街を歩いていた。酒臭い部屋に耐え切れなくて出てきたのだけど、どうやらその匂いは自分から発せられているのだと気付き、次の日まで影響を及ぼす飲み方はいい加減やめないとと後悔するのに、毎回そんなこと思ってるな、と結局は何度も繰り返していて、社会人なのだからと自分を戒めつつも、社会人なのだから仕方ないと諦めてもいた。

コーヒーが飲みたくなってコンビニを目指す。と、小さい女の子とお母さんがやってくるのが目に入った。

二人は仲良く手を繋《つな》いでいて、女の子はお母さんを見上げて歩いている。そしてそんな女の子の手には鞄《かばん》が下げられていた。全体が真っ赤で、下部が白黒の鍵盤になってい

る。

　これからピアノ教室に行くのか、それとも行ってきたのか分からないけれど、女の子はお母さんを見上げたまま、鍵盤の鞄を機嫌よく前後に振っている。

　女の子は、「あの曲はね」とか「リズムがね」とかそんなことを一生懸命お母さんに話し、お母さんもにこやかに頷《うなず》いている。

　そんな彼女の表情を見ただけで、ピアノが好きなのだろうと予想出来た。そしてそれ以上に、お母さんが自分のピアノを聴いて喜んでくれていると思うと、自分に自信が持てるのだろうとも推測がつく。僕も同じだったからよく分かるのだ。

　弾くのと弾かされるのでは大分違う。そこに自分の意思があるかないかでは、ピアノへの意欲も発する音も、まるで違うだろう。

　特にピアノは他の楽器よりも、弾き手の感情がよく音に出ると言われている。その日、何があったのか、喜ばしいこと、嬉《うれ》しいこと、嫌なこと、悲しいこと。それら全てが音になって現れ、それは聴き手に分かるほどだと言う。

　急に女の子を見ていられなくなって、すっと目を逸《そ》らした。親子を見ないようにと商店街の隅を歩き、コンビニを避け、そのまま逃げるように地下鉄の階段を下りた。

　改札を抜けると、ホームに入ってきた電車に乗り込んだ。

　座席に座ると、息を吐き出し呼吸を整える。

あぁ一体、何をしてるのだろう。

コーヒーを飲みたかっただけなのにな。

でも、見ていられなかった。

楽しそうにしている女の子を見ているのが耐えられなかった。

僕は、自分がピアノを何歳で始めたのか、はっきりとは思い出せない。物心ついた時には既にピアノを弾いていたからだ。多分、二歳にも満たないうちに弾かせられていたと思う。

だからか、いつから弾いた、という記憶はなかった。

ただ、初めてピアノを意識した日のことは、よく覚えている。

その日は関東では珍しく雪が降っていて、それは十数年振りの大雪だった。幼稚園が休みになった僕は、母さんと一緒に自宅で過ごし、昼飯を食べると、いつのまにか眠っていた。眠り始めてどれくらいだったのか、突然、ダダダッと音が聴こえ、ハッと目を覚ました。

それは、どうやら屋根から雪が落ちた音のようだった。

「お母さん？」目を覚ますと、そばに母さんがいなくて、僕は家中、探して回った。

だけど、どこにも母さんはおらず、僕は思わず裸足《はだし》のまま玄関を飛び出し、家の前の道路に出ようとした。でもその時だった。庭から音が聴こえてきたのだ。

微《かす》かに聴こえる音を辿《たど》って玄関から回ると、庭に面している部屋で、母さんがピアノを弾いていた。

しんしんと真っ白い雪が降る中、母さんの奏でる音は、どこかとても儚《はかな》くて、僕は目が離せずにいた。

それまでも、何度か母さんの弾いている姿は見ていたはずなのに、その時の場面は、今でも印象深く、はっきりと思い出せた。

雪がもたらすシンと静まり返った音。屋根から落ちてくる雪の重たい音。庭に積もる雪が風で揺れ、サラサラサラと地面を流れる音。それら全てと、母さんが繰り出すピアノの音が優雅に混ざり合っている。

その様子は、まるで真っ白な雪原の中、母さんが一人、ピアノを弾いているような、美しくも切ない場面だった。

僕は、裸足のままその場に立ち尽くし、母さんが発する音をいつまでも聴いていた。

そしていつかは僕も、母さんのようになりたいと、いや、なるのだと信じて疑わなかったのだ。

最寄り駅から数駅で電車を降りる。目ぼしい目的地が思いつかず、結局いつも乗り降りしている駅で降りた。

休日のオフィス街は自動車が通るぐらいで殆ど人は歩いていなかった。

ここまで来たのなら、彼女の働くコーヒーショップに行ってみようかな。

実を言うと、あれから彼女の働く店には行っていない。城内が言うように、同級生なのだから軽く声を掛ければいいのかもしれないけれど、そもそもそんなことが出来るのであれば、相談なんかしていない。

彼女の働く店まで、あと五分も歩けば着いてしまう。

まだ酒臭いだろうか、一度立ち止まって右腕や左腕を嗅ぐ。でも、自分ではいまいち分からなかった。

もし、彼女が働いていたらどうしようか。

軽い感じで、挨拶をすればいいだろうか。

それとも、はっきりと聞いた方がいいだろうか。

そんなことを考えながら大通りを一本曲がろうとした時だった。道路の反対側に、彼女が信号待ちをしているのが目に入った。

先日と同様に白いシャツワンピースを着ていて、それは薄茶色の瞳をした彼女によく似合っていた。

どうやら、これから店に出勤するようだ。

フッと頬が上がり、顔がにやけているのが自分でも分かった。

僕は恋をすると、こんな風になるんだ、なんて客観的に思いながら頰をさすり、顔を上げると、彼女が横を向きながら笑っているのが目に入った。

目線を彼女の横に移すと、隣にはカジュアルな恰好《かっこう》をした男性が立っていて、彼女の話を聞いては笑いを繰り返していた。

年齢は僕たちよりも一回りは上だろうか、メガネをかけていてセンスのいいジャケットを羽織っている。どこからどう見ても大人の男性で、彼女と親密そうな雰囲気を醸し出していた。

そうか……そうだよな。

僕がいくら後悔をしないように、なんてことを考えても、彼女にとってそれは関係ない。

あぁ、早くに気付いてよかった。後戻り出来ないところまで行っていなくてよかった。

店に向けた足を回れ右し、元来た道を戻った。

まだ大丈夫。今なら引き返せる場所にいる。あのコーヒーショップに行くのをやめて、今まで通り、仕事ばかりの生活を続ければ、忘れられる。

ピアノを忘れたように、忘れられるはずだ。

城内の言うように、やらなかった後悔が訪れるかもしれないけれど、その後悔だって、時間を掛ければ、いつか忘れられるはずだ。

僕はいつだってそうやって色んなことを諦めてきた。だから……。

「由良君！」

背中の向こうから声が聞こえた。泉のような澄んだ声。明らかに彼女の声だった。彼女は僕に気付いていなかったはずなのに、僕の後ろ姿で気付いたのだろうか。

ゆっくりと振り返ると、やはりそこには彼女が立っていた。

「この間、ごめんね、ちゃんと話せなくて」

走って追いかけてくれたようで息を切らしている。彼女の隣には、先ほどの男性はおらず、辺りを見渡しても、どこにも見当たらなかった。

「僕も急に声掛けちゃって、迷惑かけたよね……色々聞かずに」

彼女に彼氏がいるとか、そういう当たり前のことにさえ気付かず、声を掛けてしまった。そういう意味で謝ると、彼女は何を言ってるのだろう？　と言いたげに首を傾《かし》げていた。

「いや、だから、えっと」

先ほど見たものを説明した方がいいのだろうか。でも、それを言うのも何だか違う気がする。

僕がどうしたものかと自問自答していると、彼女は、そんな僕を真《ま》っ直《す》ぐに見つめていた。

彼女は、目が合っても何も言おうとせず、卒業アルバムを見るような懐かしさと似た眼差《まなざ》しで僕を捉えている。

「ど、どうしたの？」

彼女があまりにも僕を見てくるから何だか照れて、顔を背けてしまう。

「由良君って、週末あいてたりしないかな？」

「え？……どういうこと？」

「あのね、突然なんだけど、由良君さえよかったら、私に東京を案内してくれないかなって思って」

「東京？」

「うん、そう」

「僕が？」

「うん、そう」

あまりにも突然の誘いに、僕はポカンと彼女を見つめる。

「美味《お》しいカフェとか、普通に観光っぽいところに行きたいんだけど、私、東京のこと全然知らなくて……駄目かな？　同窓のよしみってことで」

「同窓のよしみ……」

「うん、そう」

彼女は、うん、そうと、あなた以外に誰がいるのと言いたげに何度も繰り返す。

「でも、東京を案内するって、どういうこと？　住んでるんだよね？」

「由良君、中学生の頃のこと忘れてるかもしれないけど、私、転校した後、沖縄に引っ越したの。でね、それ以来の東京だから、色々と満喫したいの」

「沖縄……そうだったんだ」

でもそれだったら、僕ではなく、先ほどの男性に頼めばいいのに、なんて卑屈な考えが頭に浮かぶ。だからか、

「そういうの案内してくれる人、他にいるんじゃないの？」

とんでもなくダサい発言をしてしまった。

僕と彼女は、別に付き合ってる訳でもなく、ましてや再会したばかりの同級生だというのに。カッコ悪いにもほどがある。

でも彼女は、やはり何のこと？　と首を傾げて僕を見ていた。

先ほどの男性には頼んでないのかもしれない。それとも、頼んで断られたのだろうか？　だから、僕に頼んだ？

卑屈な考えが頂点に達したところで、僕はそれを払拭するために頭を左右に振る。

「それって、ダメってことかな？」

拒否したと勘違いしたのか、彼女は悲しそうな声を出して、僕は慌てて顔を止める。

「いやいや違う違う、違います」

彼女は、あの茶色い瞳で僕を覗《のぞ》き込むように見た。その日は、やはり懐かしさを愛《いと》おしむ潤いがある。

彼女が先ほどの男性を透明人間にするというのならば、僕もそうするしかない。

「ダメじゃないよ」僕はそう返事をした。

彼女は、ゆっくりと瞼《まぶた》を閉じると、何かを噛《か》みしめるように力を入れ、すぐに瞼を開けた。

「由良君と再会できてよかった」

薄茶色の虹彩を激しく揺らしながら、あの澄んだ声を弾ませていた。

2

朝十時に会社に出社すると、営業車に乗って担当する板橋《いたばし》区へと向かった。今日は外回りで、板橋区の次は隣の練馬《ねりま》区に移動する。

担当してもうすぐ二年目になるけれど、営業の仕事は慣れてしまえば、出不精で愛想がまるでない僕でも意外に合っていた。

そんな風に言ってしまうと、仕事なめんなよ、なんて城内に言われてしまいそうだけど、そういうことではなくて、広くて浅い関係が僕には気楽で居心地がいいということだ。

「由良君さぁ、シュウマイの方どうなってる？　新商品でるんだよね？」

鴻上《こうがみ》スーパーの社長は恰幅のよい体を僕に向けて、コーヒーをすすっているのだけど、相変わらず眼光だけは獲物を狙っているような鋭い目で、僕はうっかりと臆病な面が出てしまう。

「しょ、少々お待ちください、今、確認します」

慌ててタブレットで新商品の確認をする。

鴻上社長は我が社のお得意さんで、顔は怖いけれど、これでも拙い僕を可愛がってくれる、とんでもなく心の広い人だ。

板橋区と練馬区に数店持っていて、これからも事業拡大をする予定で、中々のやり手社長だと城内が教えてくれた。

「来週には試食できるように手配します。そちらでよろしかったら、今月末から納品ってことになりますので」

「そっかそっか、ありがとう、由良君はお願いしやすいから助かるよ」

「いえいえそんな、僕の方こそ気付かなくて、すみませんでした」

「いいのいいの、前の担当さんだったら、こうはいかないから。文句言っても全然来てくれないし、ちゃんと挨拶に来てくれるの由良君ぐらいよ」

僕は「そんな」と恐縮しながらコーヒーを口にする。

「それよりさ、由良君って結婚してるの？」

「え！　いえ、そんな僕まだ二十三歳ですし」

「まだじゃないよ、もうだよ。俺なんか二十二歳で結婚したんだよ」

「まぁ、はい。そうですね」

「で、どうなの？」

「あ、いえ、結婚はしていないんですが」

「は、してない、何ならしてるの？」

鴻上社長はグイグイと切り込んでくる。こういうところが無いと社長職は担えないのだろうな、なんていつも感心してしまう。

「好きな人がいると言いますか」

そう言った後に、うわっ彼女のことが好きなんだ、なんて自分で自分に突っ込みを入れてしまい、ニヤついてしまう。

「好きな人か！　そういうことか、それじゃダメか」

「え？」僕は何のことですか？　と首を傾げる。

「いや、娘を紹介しようかと思ったんだけどね、跡を継いで欲しくてさ」

鴻上社長は残念だと肩を落としたけど、僕は、ふぅっと安堵《あんど》の息を吐いた。社長の娘婿なんか僕に務まる訳がないという吐息だ。それに、僕には一目惚れした女性がいるのだ。

「でも、それなら好きな人云々《うんぬん》なんか言ってないで、早くものにしなきゃ。ご両親も安心しないでしょ」

「は、はぁ」

「親っていうのは、いつでもどこでも、子供のことを考えてるものなんだよ」

鴻上社長はそれが当たり前のように告げた。そんな親ばかりでもないことを社長は知らないようだ。

「じゃあさ、由良君以外に目ぼしい子いたりしないかな？　婿に入ってくれそうな子」

やり手の社長は、またもやグイグイと切り込んできた。

ひと通り話をし、失礼しますと挨拶すると、駐車場に停《と》めてある車に乗り込んだ。

三月頭とはいえ、東京は殆ど雪が降らずに晴れている日が多い。僕は太陽で熱くなったハンドルを握ると、ちょうどスマホからメッセージ音が聴こえ慌てて見る。

彼女からだった。

『蔵前《くらまえ》駅に十一時、了解しました』

僕は素早く返信をする。

『では、日曜日に』

『楽しみにしてます』

休憩時間になったのか、彼女から立て続けにメッセージが入る。

「楽しみにしてます、だってさ」

またもやニヤついてしまう。こういう気持ちは久しぶりだ。いや、久しぶりどころか初めてだった。今すぐにでも彼女に会いたい。彼女と話したい。いや何を言っている大の大人が。それに週末には会えるじゃないか。でもやっぱり今すぐにでも会いたい。

変な自問自答が頭の中で開催され、ふと、車の窓に自分の顔が映っているのが目に入る。ニマニマしていて、人に見せられるような顔ではなかった。

都営線の蔵前駅は、最寄りの清澄白河《きよすみしらかわ》駅から数分で着く。それなのに僕は四十分前には家を出て、三十分前には待ち合わせの地下改札に着いていた。改札から乗客が出てくるたびに彼女を探すように首を伸ばし、いないと分かると、スマホで時間を確認した。それを何度も何度も繰り返して、まだ五分も経過していないと知ると落胆した。要するに僕は緊張していたのだ。九年振りの元同級生と何を話せばいいのだろうか、とか。案内してくれと言われたけど、僕だってそんなに詳しくないんだけどな、とか。女性と二人きりで待ち合わせなんか久しぶりだな、とか。もうとにかく、ありとあらゆることに緊張していた。

彼女に東京を案内して欲しいと言われ、僕が選んだのは蔵前だった。僕の会社や彼女の職場に近ければ何かと便利だと思ったし、すぐ隣は浅草《あさくさ》で、この地区に飽きたら隣に移ればいいと判断したのだ。

気に入ってくれたらいいのだけど。そんな思いが余計に僕を緊張させる。

こういう時、城内ならどうするのだろう。きっとスマートに女性をエスコートするんだろうな。あいつはそういう奴だ。自分の経験値の無さに辟易《へきえき》したけれど、今そんなことを言っても仕方ないと諦めた。

再び電車がホームに着いたのか、わらわらと乗客が階段を上って改札へとやってくるのが見えた。僕は今までのように首を伸ばして彼女を探す。約束の時間まではまだ十分以上あるから、彼女が来るのは次の次の電車あたりだろうか。だけど、そんな僕の予想は外れ、彼女はその集団の中にいた。

コーヒーショップで見かけたポニーテールではなく、今日は下ろしていて、肩までの髪を耳にかけている。視線を落としていた彼女が、顔を上げ、改札近くにいる僕を見つけると手をあげる。

僕も彼女につられるように手をあげる。彼女が近付くにつれ、気持ちがフワフワと浮き出すのを感じていた。今なら水の上も歩けるんじゃないだろうか。

ＩＣカードを改札にタッチし、彼女は、

「お待たせしました」と軽く走って僕の元へとやってきた。

「全然全然、まだ約束の時間より前だし」

「本当？」

「うん」

僕はなんだか彼女を直視出来ず、挨拶もそこそこに、「じゃあ行こうか」と地上に出るため、歩き出した。

だけど、あまりにも意識しすぎて、足と手が同時に出てしまい、ぎこちない歩きになっているのを彼女に見られ、笑われてしまう。

一気に、デートの幸先《さいさき》というものが不安になった。

地下の改札から地上に出ると、僕たちは隅田川《すみだがわ》に向かって歩き出す。この時期、普段なら薄ら寒いはずだけど、僕らを歓迎するように太陽が出ているからか暖かく、絶好の探索日和だった。

蔵前の街は、古めかしい小さなビルが街を支配していて、その一階には洒落《しゃれ》たカフェやらショップが入っているのが多く、僕たちは色んな場所を覗きながら歩く。

「東京のブルックリン？」

「うん。今この辺りを、そう呼ぶんだって」

「へぇ」

「アメリカのブルックリンに似てるからだと思うよ。川があって倉庫をリノベしたお店があって、職人さんがいてって。仕事でたまに寄ったりするんだ」

下調べした情報を披露すると、彼女は妙に感心してくれた。

「営業のお仕事で？」

「うん」

「そっか」

今日の彼女は、ブラックのGジャンに、白地に黒の水玉のワンピースを着ている。それに、赤いコンバースを合わせていて、東京のブルックリンに合っていると思う。

少なからず、このデートっぽいお出掛けを意識してくれたのかな、そんな期待をしてしまう。

僕たちは大人になった。制服を着ていたあの頃、僕らがこんな風に待ち合わせをして二人きりで出掛けるなんて誰が思い描くだろう。僕だって思ってもいなかった。

九年振りの彼女は随分と大人になっていて、中学生の頃の面影はあまり見受けられなかった。

あの頃は女の子。今は女性になっている。髪型だって清潔そうに整っていて、化粧をして、香水もつけているのか薄っすらよい香りもさせている。耳にはパールのイヤーカフをしていた。

大人になったんだなぁと、そんなことを考えていると、彼女とバチッと目が合った。

彼女は、ん？　どうしたの？　何かあった？　と、まるで子供をみるような顔で僕を見る。

「いや、うん。大人になったなぁって思って」

僕がそのまま思っていることを言うと、彼女は、あぁっと照れたように目を逸らした後、それを誤魔化すようにニコッと微笑《ほほえ》んだ。

「由良君だって随分な大人だよ」

「それってオッサンって意味じゃないよね？」

彼女は「違う違う」と笑顔になって再び僕を覗き込んだ。

上目遣いの彼女が異様に可愛くて、ううぅとうめき声を上げそうになるのを、まぁ待てと自重する。

「それで由良君、私をどこに連れて行ってくれるのかな?」

僕もつられて笑顔になり、「任せてよ」と返事をした。

まず案内したのは、隅田川沿いにある五階建てのレストランで、僕たちはここでランチをとることにした。

レストランの入っているビルは古いけど、やはりリノベーションしているようで中は真新しく、白を基調としていて、テーブルや椅子も白で揃《そろ》えられていた。

仕事で通るたびに気になっていた場所で、店は繁盛していて、若い女性客やカップルで、これでもかと賑《にぎ》わっている。

一人で入る勇気がなかったので、彼女にそのことを伝えると、

「お役に立てたみたいで」と笑っていた。

店内は隅田川を望む形にテーブルが設置されていて、僕たちは、お得なドリンク付きのランチセットを頼んだ。

店内は賑わっているけれど、窓から見える風景はのどかで、彼女は、

「落ち着くね」と機嫌がよさそうだ。

どうやら初めの一歩は上手《うま》くいったようだ。

「だけど本当偶然だよね、驚いたよ。まさかあんなところで会うなんて」

「うん、すごい偶然だよね」

「真中さんは、東京にいつ頃来たの？」

「今年の始めかな」

「そうだったんだ！　それから、あのお店に？」

「うん。そう」

「そっかぁ、全然気付かなかったよ。一応週三ペースで通ってたんだけどな」

多分、営業報告書を書くために寄っていたので、あまり周りを注意して見ていなくて、気付くのに遅れたのだろう。

もしくは、彼女が綺麗になりすぎて、気付かなかったというのが正解なのかもしれない。

「あそこのお店好きなんだよね」

彼女が働くコーヒーショップは、チェーン店の中でも美味しい淹《い》れたてのコーヒーを出すと有名な店だ。カフェやレストランなど、近い将来、自分で店を出したいと思ってる人は、あの店で一度は働くと城内に聞いたことがある。

「それはそれは、ありがとうございます、これからもご贔屓《ひいき》に」

彼女は一瞬店員の顔を見せ、フッと笑顔になる。その笑顔が中学生の彼女とかぶった。

薄茶色の瞳。いたずらっ子のような笑顔。やっぱり、僕の知ってる真中香澄のようだ。いつの間にか転入してきて、いつの間にか転校していってしまった女の子。放課後、毎日のようにピアノを聴いてもらっていた彼女に間違いない。

「こういうの、してみたかったの」

僕たちは、運ばれてきたランチをシェアした。

どうやら沖縄に住んでいた頃は、友人同士で遊びに行ったり、ましてや食事をシェアするなんてしなかったらしい。というか、そういうカフェ的なものがないほどの田舎にいたようだ。

「こっちも美味しそうだよ」

僕は頼んだチキンを綺麗に切り分けて彼女の皿に載せる。シェアをするカップルはよくいるみたいだけど、苦手とする人もいる。でも僕は全然平気だったし、彼女も大丈夫そうだ。なんていうか、カップルってこういうところからすれ違いが生まれると思うし、合う合わないが出てくると思う。いやいや、それよりもカップルって。自分で自分に突っ込みを入れ、虚《むな》しくなる。

だけど、なんだか普通に話してるのが不思議だった。

彼女は、僕が追いかけて、一目惚れしました、と声を掛けたのをどう思っているのだろう。その後、同級生と気付いて、電車に乗るからか、話はそのまま流れてしまった。それなのに、彼女は一目惚れについて何も言おうとしない。今もそのことについて触れようとしない。

もしかして、気まずすぎて、その話を避けているのだろうか。でもそれなら、こうやって僕を休日に誘ったりはしないだろう。

それに、あの男性とはどういう関係なのだろう。

「あ、これ美味しい」

彼女は、笑顔を作ってシェアしたチキンを頬張っている。

聞きたいことは沢山あった。でも、久しぶりの再会に水を差すのも嫌だ。

だから核心めいたことは何一つ聞かず、誰とでもする最近のドラマや、アニメ、仕事の話、他愛ない話をしてその場を過ごした。

その後、会計する際に、ちょっとした事件が起きた。

彼女が会計をさせてくれなかったのだ。

ここは僕が、と財布を出しても、彼女は駄目駄目誘ったのは私なんだし、そう言ってきかなかった。

男としてカッコつけた部分を見せたかったのだけど、そういうのは、させてもらえなさそうだ。そもそも同級生という時点で昔のカッコ悪いところを知っているから、カッコつきはしないだろうけど。


「ありがとう」

僕は押し切られる形でご馳走《ちそう》になり、彼女は、

「さ、由良君、次はどこに連れてってくれるのかな？」再び催促した。

顔がにやける。なんだか彼女にせがまれるのが嬉しい。カッコつけさせてはもらえないけど、あなたが必要だと言われているようで。

つい最近まで、僕の身にこんなことが起きるとは思ってもいなかった。

やはり恋というものは突然に、自分の意思とは無関係に訪れるようになっていて、落ちてしまったら、後戻りは難しいのかもしれない。

僕が次に案内したのは文房具屋さんだ。街にある文房具屋さんとは一味違う洒落たコンクリート造りのお店で、ここも倉庫をリノベーションしているらしい。

中には、万年筆や便箋、ペンケースなどが置いてあって、一番の売りは、ノートだ。

「自分で選んだオーダーノートが作れるんだって」

「ノート？」

彼女の茶色い瞳は、興味深そうにユラユラと揺れている。

自分でノートの表紙、裏表紙を選び、用途によって中身の用紙を、方眼やドット、罫《けい》

線《せん》などから選ぶ。あとはサイズや、縦向きか横向きかや、留め具を選び、それらを製本し、一時間後には出来上がる仕組みになっている。

なんとなくだけど、彼女はこういうのが好きな気がした。だから、今日の目的地にここを追加した。

「ねぇ、このノート、お互いのために選ばない？　私は由良君のために選ぶから、由良君は私のために選ぶの」

ワクワクと目を輝かせる彼女は、なんともセンスが試されるハードルの高い要求をした。僕は断り切れず、

「分かった。後で文句言わないでよ」そう答えると、彼女は、「うん！」と返事をする。

僕と彼女は、別々にじっくりと吟味し始めた。

休日の店内は、中々に混んでいたけれど、僕たちはそれぞれ自分たちの世界に入り込んだ。

僕は彼女がこのノートを使うところを思い浮かべる。休日、自宅のテーブルでノートを広げてペンを走らせる。美味しいコーヒーの淹れ方を書いている。それとも日記を書いたり、いや家計簿……それはなさそうか。じゃあ、好きな映画の感想とか、好きな本の感想。仕事をしているとき以外の彼女は、何を趣味として、何を楽しみにしているのだろう。

中学生の頃は、確か部活に入っていなかったからスポーツとか絵とか、何が好きなのかは分からない。僕のピアノを楽しそうに聴いてたから、音楽は好きなのかもしれない。

横を向くと、彼女は真剣な表情で表紙を選んでいる。その顔が僕のためなのだと思うと、なんだか胸を摑《つか》まれたようにギュッとなり、波打つのが分かった。

彼女は僕が見ているのに気付いたようで、サッと体で表紙を隠した。そして、

「見ないでよ」と口をパクパクとさせる。

僕は「見てないよ」と同じようにパクパクとさせ、再び選び始めた。


「私、決まったよ。由良君は？」

彼女は僕にノートを隠しながら話しかけてくる。どうやら、出来上がってからのお楽しみのようだ。

「うん。僕も」

あとは、製本までの一時間を待てば完成だ。

僕たちはその間、近くにあるコーヒーショップに行くことにした。彼女のために敵情視察ってやつだ。

七階建てのヴィンテージマンションの一階が店舗になっていて、日本初上陸だからか、先ほどのレストランよりも、文房具屋さんよりも、どこよりも人で混雑していた。

そしてここの支払いも彼女持ちになった。ノートの支払いは、互いでしようとなったのだけど、やっぱりここでも、僕はカッコつけさせてもらえないらしい。

というか彼女にとって僕は、そういう対象ではないのかもしれない。

九年振りに再会した、ただの同級生。

だから、あの一目惚れの話は、どこかに流れてしまったのかもしれない。そして、彼女の本命は、あの男性なのではないだろうか。

もう何を考えても、最終的にはあの男性に辿り着く。

店内に席が確保できなかったので僕たちは外のテラス席で飲み始めた。僕はカフェラテで彼女はブレンドだ。

日当たりがよく、ちょうど真上に太陽のある時間帯だからか、それほど寒くなかった。というか彼女がいるからか、どこか高揚していて暖かかった。

彼女は疲れているのか、席に着くと、ふぅと息をもらす。

「東京って歩くよね」

声を掛けると、彼女はフッと笑顔になり、バレたかという顔をした。

そうだ、彼女はこういう女子だった。自分の気持ちに素直で、いたずらっ子。

九年振りに会った彼女はさすがに大人になっていて、あの頃のように、音を出す、とか、そういうことは言わなくなっている。でも根本の性格っていうのは変わりないのだろう。

「ブルックリンって、大盛況なのね」

「うん。もう少し奥に行くと、革職人さんの工房とかも見れるけど、今日はここまでかな。結構、人多くて疲れたよね」

「ごめんなさい。でも、まだまだ見たいとこあるから、また誘ってもいいかな？」

どうやら彼女は、今日の僕を評価してくれたようだ。だけど本当に僕でいいのだろうか。あの男性でなくていいのだろうか。

僕の卑屈さが、また胸にムクムクと湧き出てくる。やはり、あの男性が誰なのか、聞いた方がいいのだろうか。

「あのさ」

だけど、僕が声を掛けたその時だった。

「……あぶない」彼女は顔を強張《こわば》らせ、ゆっくりと呟いた。

彼女の目は、どこを見ているのか焦点が合っておらず、何かを感じるように眉をひそめている。

「え？　何？」

彼女の声がハッキリと聞こえず聞き返した。だけど、彼女は急に立ちあがり、僕の手を摑んで、道路側へと引っ張った。

近くにいた客たちは、彼女の行動に呆気《あっけ》にとられ、何、何？　とヒソヒソと話している。

「どうしたの？」

僕は彼女が心配になり覗き込む。だが彼女はマンションを見上げていた。

上に何があるのだろう。

僕もつられて見上げると同時に、上からヒュンッと音が鳴り、突然何かが落下してきた。

それは赤茶色の陶器の鉢で、今まで僕が座っていた椅子に落ち、リバウンドすると、地面に落ちて跡形もなく粉々に砕けた。

周りにいた客たちから耳をつんざく悲鳴があがり、店から何事かと店員さんが出てきた。

「大丈夫ですか！」

危機一髪回避した僕は、突然の出来事に力が入らなくなり、その場に尻もちをつく。

一拍置いて、そこにいた皆が一斉にマンションを見上げると、七階のベランダに、髪の長い女性がもたれかかり、ゆらゆらと揺れているのが見えた。

どうやら女性は気を失っているようだった。

店員さんが慌てて店舗の横にある管理人室に駆け込む。その場にいた客の一人が救急車を要請した。

「由良君、大丈夫？」

「へ？」

我に返った僕は、声のする方に顔を向ける。彼女が心配そうに眉を下げ、僕を見つめていた。

「怪我《けが》はない？　破片あたったりしてない？」

「え？　あ、うん」と僕は自分の腕や足をさする。だけど、立ち上がろうと手を地面につけた瞬間、腰を抜かしてしまい、上手《うま》く立ち上がれず、彼女にもたれかかる形になった。

「ご、ごめん」

「大丈夫だよ、寄りかかって」

僕は、どこまでも情けない姿を彼女に晒《さら》すように出来ているらしい。


その後、数分後には救急車が来て、七階で倒れていた住人を運んでいった。店員さんに聞いたところによると、植木に水をあげている途中で貧血になり、そのまま気を失い倒れてしまったようだ。その際に、植木鉢が落ちてきたという訳だ。

怪我も何もなかった僕たちは解放され、予定よりも大幅に遅れて文房具屋さんへと向かった。

「いやぁ本当、危なかったよね」

僕は、カッコ悪い自分を彼女の頭の中から拭いたくて、必死に大変だったアピールをする。

それが功を奏したのか彼女は「本当に大変だったよね」うんうんと神妙に頷いてくれた。

「真中さんがいてくれて良かったよ」

「そんな、大袈裟《おおげさ》だよ」

「いやいや本当に。でも僕さ、運がいいのか、こういうの回避できたりするんだよね」

「回避？」彼女は不思議そうな顔を僕に向けた。

「ほら覚えてない？　中三の課外授業の時、僕たちのクラスが乗るはずだった特急電車に変な奴が乗り込んできて、皆を巻き添えに火をつけようとして、でも危機一髪で免れたって事件」

九年前のことだ。中学三年の夏休み明け、僕たちのクラスは、埼玉県にある博物館に向かうはずだった。だけど担任が突如中止にし、僕たちの課外授業は無くなった。

僕たちは楽しみにしていた授業が無くなり文句ばかり言っていると、その数時間後、僕たちの教室に、乗るはずだった電車が通り魔に狙われ、しかも、それが僕たちの車両だった旨の連絡が届いたのだ。

職員室にあるテレビを見に行くと、先生たちがニュースを見ているところで、「危なかった」などと話していた。

結局その通り魔は、通報を受けた警察が取り押さえたことで、惨事にはならなかった。僕たちのクラスでは、寸前で回避できた自分たちは運があるんだ、などと事件の話で持ち切りだった。

僕は、この話をたまに営業先で披露することがある。もちろん他の一般客たちにも怪我も何もなかったから言えることだ。


「そうだったんだ」

でも彼女は、そんな事件知らないよと言いたげな顔で文房具店を目指し、歩いている。

「あれ？　覚えてない？」

「多分、私が転校した後の話じゃないかな」

「あぁ」僕は納得した表情をした。

「そっか、真中さんが転校したの、夏休み後だったね」

課外授業は、夏休み終わり、秋の始まりにあって、彼女が転校したのもその頃だったはずだ。

「あの時は、突然いなくなったから驚いたよ」

「ごめんなさい。絶対寂しくなるって思ったから言えなかったの」

「うん、それでも……」

「ん？」

「いや、いいんだ」

僕は、それでも言って欲しかったよ、そう言いたいのをやめて、「何でもない」と首を横に思いっきり振った。

十分も歩いていると、先ほどの文房具屋さんが見えてきた。

僕たちは、お互いに見えないようにノートを受け取ると、近くの隅田川にやってきた。そこで交換するつもりだった。

堤防のベンチに座ると、チャプンチャプンという音が間近に聴こえた。天気は最高によくて、先ほどの騒ぎなんか忘れてしまいそうだった。

「あ、見て」

隅田川を水上バスが下っていく。この先には東京湾があり、船は、お台場《だいば》に向かっているはずだ。

夏には花火大会があって、川は屋形船でびっしりと埋まるのだけど、当日は会社の屋上が開放されるので、僕は去年、そこから見学していた。

「気持ちよさそうだね」

水上バスの中にいるカップルが手を振り、僕たちも振り返す。

「次は、あれに乗りたいな」彼女がポツリと呟く。

次。次か。それって次があると思ってもいいってことだよね。僕が案内してもいいんだよね。僕に案内してもらいたいって意味でいいんだよね。さっきはまた誘ってもいいかな、なんて言ってたけど、社交辞令とかではなく本気にしていいんだよね。

なんて、やはり核心をついたことを聞ける訳もなく、

「確か、浅草からお台場まで行けるはずだよ」と平常心のフリをして答える。

彼女は振り返ると、

「そうなんだ、海が見えるんだ」澄んだ声を弾ませ笑った。

一般的な九年振りの同級生とのやり取りが、どういうものなのか分からないけれど、僕たちは、すっかりとあの頃に戻りつつあった。

「さぁ、それじゃあ、いよいよ授与式しますか？」

彼女は待ち遠しいという顔をしている。

「なんだかそう言われると、緊張するな」

「緊張？」

「こういうのってセンスが問われるから」

「それだったら、私だって」

お互い変な緊張をしているのが分かって、僕たちは見合うと、だよねと笑った。

包装紙に包まれたノートを互いに渡し合うと、「せーの！」の合図で中を見る。

ガサガサと包装紙を捲《まく》り、出てきたノートを手に取る。

「水玉だ」

僕が彼女のために作ったノートは、今日着ているワンピースと同じ柄だ。

白をベースにした黒の水玉。そこに差し色の赤でゴムバンドをつけた。裏には、KASUMIと名前が印字してある。ノートの中身は、何にでも使えるように無地にした。これで、絵だって家計簿だって何でも書ける。

「素敵。すごく可愛い」

彼女の顔を見て、自分ってセンスに溢《あふ》れてるんだ、なんて自信が出てきた。

「私のは、どうかな？」

「うん……」

彼女が僕のために選んでくれた表紙には、ピアノの鍵盤が下部分に描かれていて、裏表紙には音符がちりばめられている。表紙にはRYOSUKEの名前が印字されていて、ゴムバンドは金色だ。

「ピアノ、好きだったから」

彼女は無邪気に、自分のセンスはどうだろうという顔をしていた。

「……うん」

毎日のように弾いていたピアノを辞めて数年経っているけれど、彼女にはまだ話していない。もちろん聞かれたら話すつもりでいたけれど、わざわざ言う必要もないと何の説明もしていなかった。

「ありがとう、すごくカッコいい」

「うん」

彼女は余程嬉しかったのか、水玉のノートを何度も捲《めく》っている。だけど、僕はノートにすらきちんと向き合えずにいる。

「由良君は、ノート何に使う？」

「あぁ……どうしようかな、なんだか勿体《もったい》ないな。真中さんは？」

「私もどうしよう」

「日記とか？」

「う〜ん。日記かぁ」

「じゃあ、何だろうね」

僕たちは、なんだか困ってしまって、二人でふふっと笑った。目的もなく作ってしまったのが面白かったのだ。

「ねぇ由良君」

「ん？」

「来週も、お願い出来ないかな？」

「え？」

「東京案内」

「あぁ」

「駄目かな？」

彼女は僕に窺うように聞いてきた。外にいるからか、彼女の薄茶色の虹彩がもっと薄く見えて、それがまた彼女を魅力的に見せる。

次に水上バスに乗りたいと言ったのは、僕への誘いで間違いなかったようだ。

「もちろん。僕でよかったら」

そんな返事をしたけれど、彼女は僕をどう思っているのだろう。そんなことが頭をかすめる。

こうやって、デートまがいなものに誘ってくれるのだから嫌いではないはずだ。だけど、この間の男性はどうなったのだろう。やはり、そのことが気にかかる。

もしかして、この間のあの時、彼と別れたのだろうか。でも彼女はとびきりの笑顔を見せていた。だとしたら僕と会っていない他の日に、あの年上の彼に案内してもらっているのだろうか。

「あ、見て、また来たよ」

しぶきをあげた水上バスが、ゴーゴーと音を立てながら、東京湾に向かって進んでいく。太陽の光をふんだんに浴びる水面が大きく揺れ、堤防にぶつかる水の音が聴こえる。そんな様子を見つめる彼女の柔らかな佇《たたず》まいに、僕は密《ひそ》かに胸打たれた。

こんなにも無邪気にしている彼女が、彼氏がいるにも関わらず、僕と出掛けたりするのだろうか。

そんなことをする女性には思えない。というか思いたくない。

「おーい」と彼女は水上バスに向かって手を振り、バスの中の人たちもそれに返してくれた。

「これから海に行くんだねぇ。羨ましいなぁ」彼女はそんな声をあげる。

「沖縄の海は、全然違う色してそうだもんね」

「うん、違うよ。由良君は沖縄に行ったことある？」

「それが一度もないんだ」

「そっかぁ」

「沖縄のどの辺りにいたの？」

「本島から船で二時間の離島だよ」

「結構遠いところにいたんだね」

「うん。人口が少なくて、人より牛とか鶏の方が多くて、鶏なんか放し飼いなんだよ」

「放し飼い？」

「東京じゃ考えられないよね」

「そういえば、どうして沖縄から出てきたの？　何かやりたいことでもあったの？」

もしかしたら、カフェを開くために修業で出てきたのだろうか？　そんな意味で聞いたのだけど、彼女は目を伏せ、長い睫毛《まつげ》で頬に影が出来た。

聞いてはいけなかったのかな？　僕は急に不安になった。

「うん。よくありがちな理由だよ。都会に出たかったたって」

「そっか」

先ほど出来た影は身を潜め、薄茶色の虹彩が蘇《よみがえ》り、ほっと安堵する。

瞳だけじゃない、白い肌のおかげか、彼女は今まで見たことがないぐらい光り輝いて見えた。もしかしたら、太陽の下で見ているからかもしれないけど、でもそれでも、どこからどう見ても彼女は輝いている。

あぁやはり、好きだなとしみじみと思った。

あの日、一目惚れをして、結局は同級生だったけれど、それだけではない。例えば、お店でのお客さんとの話し方や、なんにでも興味を持つところ、彼女を知れば知るほど好きになっていく。

今日このまま別れるのが辛《つら》い。もっともっと大人になった彼女を知りたいし、彼女にも、今の僕を知って欲しい。

彼女と再会して、なんだか僕は欲深くなった気がする。もちろん、それは彼女には何の落ち度もなく、僕だけの問題なのだけど。

でもそれでも知りたいし、もっと一緒にいて欲しい。

あの男性がいても関係ない。ただただ僕のこの気持ちを知って欲しい。

「あの……さ」

彼女は、僕の何かしらを感じとったのか、振り向かなかった。

少し低めの鼻筋、薄い唇が、太陽の光を浴びて影を作る。

風でなびく髪を押さえ、突然、彼女は振り向いた。薄茶色の虹彩が水に埋もれ波を打っていた。

「来週だけじゃなくて、これからもずっと、僕に東京案内させてもらえないかな」

「ずっと?」

「うん……あの……僕と付き合ってもらえませんか?」

波打つ茶色い虹彩が大きく揺れ、瞼を閉じると、涙が一滴落ちる。

「……はい」

彼女は、瞼を開けると、もう一度、

「はい」

あの澄んだ声を震わせていた。

3

「真中さん」

我に返り、カウンターに目を向けると、店長の川田《かわた》さんが小さく遠慮気味に手招きをしていた。ダストボックスを片付け、カウンターの中に入る。

「今日はごめんなさい。急にシフト入ってもらって」

カランカララン
川田さんは店長という立場から、あまり表に感情を出さないけれど、普段から心の中では弾むような音を鳴らしている。スタッフからは顔が怖いとか、感情が分かりにくいとか言われているけど、彼女から聴こえる音は、利発的なクリアな音で悪い人ではないのが私には分かる。

「いえいえ大丈夫です。私、二階見てきますね」

カウンターから出て二階に行き、人のいないテーブルを拭き始める。

その間も一階からは、カラランカラランと川田さんの心地よい音が弾んで聴こえ、店内のお客様から聴こえる音と混ざり合い、オーケストラの演奏会が開かれているようだった。

私は、生まれつき他人の感情が音として聴こえる。

相手が口を閉じていても、話していても、感情が強ければ強いほど鮮明に聴こえてきて、それは耳を塞いでも聴こえてきた。

それが自分にしかない特殊なものだとハッキリと自覚したのは、幼稚園児の頃。

私は、皆が自分と同じように心の音が聴こえるのだと思っていて、だから父に、音の話をした。

○○ちゃんからキレイな音が聴こえる。
○○君から変な音が聴こえる。

父はそれを私の冗談だと思っているようだった。

だけどある日、幼稚園で、いつも一緒に帰る女の子に音の話をすると、

「香澄ちゃんって、どうして音が聴こえるの？」そう言われたのだ。

自宅へ戻り、父に、

「〇〇ちゃんって、音が聴こえないらしいよ。おかしいよね？」

そう報告したのをきっかけに父が変わった。

どうやら、この子は本当に人から感情の音が聴こえているようだ、とようやく理解し、それ以来、人前で心の音について話すのを禁止された。

普通のことなのに、なんで禁止されなくてはいけないのだろうと、私は不満だった。だけど、父の顔があまりにも怖くて、渋々いうことを聞き、それ以来、他人に音の話はしなくなった。

そして、その全てを母は黙って聞いていた。

だけどある日の夜中、トイレに行きたくて起きた私は、父が母を責めているのを目撃した。

「そんな力があるの、なんで今まで黙っていたんだ」

「あんなの、俺の子供じゃない！」

母はそんな父の声にも黙っていた。

それから数日後だった。家族で出かけた際、禁止されているにも関わらず、あまりに

も綺麗な音が鳴っている女性がいて、私は思わず、

「あの人の音、キレイ」と音の話をした。

すると父は、

「やめなさい！　気味悪い！」

そう言って睨《にら》み、私と母を置いて一人で帰ってしまった。

その時になって母は、ようやく私に心の音の話をしてくれた。

心の音が聴こえるのは母方の真中家に代々伝わる能力であり、女性にしか遺伝しないもの。

祖母も母も同じ能力を持っているけど、そのことを知った祖父も、父同様に気味悪がって離縁したと聞かされた。

「お母さんはもっと年齢がいってから発症したから、あなたももっと遅くだろうと思っていたのだけど……」

曽祖母は十八歳。祖母は十五歳。母は十歳。そして私は四歳。

発症年齢が若くなっていくのに母は不安を募らせ、その力を持つ者は、短命であると告げた。


突然のシフトに加え、残業を頼まれた私は、午後六時で終わるところを午後九時の閉

店まで時間を延ばし、店を出たのは午後十時前だった。

一応、由良君には急なシフトの変更を連絡したけれど、仕事で忙しかったらしく店には寄れないようだった。週末に会う約束をしているので、数日の我慢なのに、すぐにでも会いたくなるから不思議だ。

ふと腕時計を見ると、電車の時間が迫っているのに気付き、いつもとは違う近道の裏路地を通ることにした。

ビルとビルの間の裏路地を足早に歩いていると、後ろから、ふと心の音が聴こえてきた。

ガギギガギガッギュ
ギギギガギュギギ
とても言い表せない音だった。悪意と邪《よこしま》な気持ちが混ざりあった、なんとも言えない音。

我慢できずに振り返ると、数メートル離れたところで、二人の男性がこちらに向かって歩いてくるところだった。

でも、ただの通行人かもしれない。

先に行かせるつもりで足を止める。だけど、二人から聴こえてくる音は相変わらず悪意のある音で、それは確実に私に向けられていた。

足を止めた間も、二人組の男は歩を緩めずに近付いてくる。今までも、こういう悪意ある音を向けられたことは何度もあり、そのたびに人に紛れて逃げてきた。でも、この辺りはオフィス街だからか夜間の人通りは少ない。表通りに行かなければ逃げ込めるような店もない。

ガギガギガッギュ
ギギギガギュギギ

吐き気のする音が、どんどんと近付いて、耳の奥をつんざいていく。

こんな音、一秒だって聴いていたくない。

走って逃げよう。だけど背を向けたところで突然腕を掴まれ、ハッとして振り返ると、男の二人組が立っていた。ニヤニヤニタニタとしており、

「なんで逃げるのよ」と私の腕に指を食い込ませた。

「これから俺たち自宅で飲み直すんだけど、一緒にどう?」

「さっきさ、店の外から見えて、ずっと待ってたんだよね」
「偉くない？　俺たち。ねぇ、偉いでしょ？」
ガギガギガッギュ
ギギギガギュギギ
この世のものとは思えない音が私の身体《からだ》の隅々を巡る。摑まれた腕を振り払おう、大声を出そう、そう思った時だった。
「真中さん！」と声が聞こえたかと思うと、もう片方の腕を摑む人がいた。
シャラララン
ガクガクガララ
鈴のような音が聴こえ、顔を上げると、そこには由良君が立っていた。
「彼女に何か御用でしょうか？」
いつも彼から聴こえてくる音よりも尖《とが》った音が鳴り、それは男二人組に向けられている。

するとそこに、もう一人、よたよたしながらやってくる男性がいた。

「由良、置いていかないでくれよ、全く意外に足速いんだから」

息を切らしながら私の元にやってきた男性は、彼と同じようなスーツを着ていて、陽気な雰囲気を持っていた。

「おやおや、何だ何だ、ナンパにしては強引だなぁ」

男二人組は、そんな由良君たちにたじろぐと私の腕を離す。そして、

「いや、俺たちは、別に、なぁ」

「そうそう。別に、普通に声を掛けただけで」

へへへははは、と誤魔化しながら、男たちは慌てて去っていった。

男たちが見えなくなると、ようやく由良君が私の腕から自分の手を離した。

「あ、ありがとう」

私が頭を下げると、由良君と一緒にいる男性が頭を掻《か》きながら、

「大丈夫ですか？　あ、僕は由良の同期の城内って言います」と丁寧に名乗った。

「真中香澄です。本当にありがとうございました」

「いやぁ、社内会議で遅くなったんですけど良かったですよ、こっち方面に来て。いやいや良かった良かった、うんうんうん」

はっはっは、と賑やかで軽そうな発言をしていたけれど、城内さんから聴こえてくる

心の音は、外見とは裏腹に聡明《そうめい》な音だった。先ほどの男たちとはまるで違う音で、彼が悪い人ではないとすぐに分かった。

由良君は先ほどのことが余程頭にきたのか、まだ男たちが去っていった方に顔を向けていて、ずっと睨んでいる。

「由良、なぁ、由良ってば！」

城内さんが何度も呼び、彼は、ようやくハッと顔を私たちに向ける。

「え？　あ、何？」

「何じゃなくてさ、彼女なんだろ？　同級生の」

「あ！　えっと……」

由良君は、どうやら城内さんに私のことを話していたらしい。それがどういう内容だったのか、知りたいような怖いような、そんな気持ちになる。

二人は、彼らにしか分からない身振り手振りで合図し合っていたけれど、聴こえてくる心の音に邪悪さは何も無かった。むしろ二人から流れてくる音は、温かみのあるくすぐったい音だった。

城内さんが、「そうだ！」とわざとらしくパチンと手を合わせる。

「俺、まだ会社に用事あったんだ、じゃあ行くな！」

城内さんは、カラカラカラッと由良君をからかうような、それでいて応援するような

音を響かせ去っていく。取り残された私たちは、

「行こうか？」

「うん」

と駅に向かって歩き始めた。

駅へと向かう裏通りは、やはり静まり返っていて、隣を歩く由良君の音が鮮明に聴こえた。

シャラン
シャララカララン
シャラララコンコンコン

由良君の音が、どこか微かに揺れて、緊張が入り混じっている。何度も後ろを振り向いて、まだあの男たちが近くに潜んでいるのではないか、と警戒している。

先ほどの件が、由良君の心を緊張させているようだ。

「ねぇ由良君」

彼はハッとして振り向き、私の無事を確かめるように見つめる。

「週末のデートは大丈夫かな？　楽しみにしてるんだけど」

「え？　あ、うん。もちろん大丈夫だよ、僕も楽しみ」

彼の心の音が徐々に明るい音に変化していき、ようやく、いつものように、

シャラランランラン

弾むような音が聴こえ、ふっと笑みが零れた。

「ん？　どうしたの？」

彼が首を傾げて、私を見ていた。私が笑ったのが何なのか分からないみたいだ。

「ううん。由良君がいてくれて良かったなって。助けてくれて、ありがとう」


シャラランシャラランタンタッタタンタンタンタンタッタタンタンタン

今まで、彼から聴こえていた鈴のような音が、今度はタンバリンを叩《たた》くような弾む音に変わっていた。

「付き合ってる？　そんなの聞いてないぞ、俺は」

聴診器を耳から外し、白衣姿の久米先生はしかめっ面をする。銀縁メガネの上に乗っている眉毛が逆立ち、怒りに満ちている。

内面から流れる心の音も心配を通り過ぎて、踏切の警報機のような音が鳴り響いていた。

カーンカーンカーンカーン
カーンカーンカーンカーン

「そんなに心配しないで、ちょっとは人の多いところにも慣れてきたし」

「嘘《うそ》言うな」

久米先生は話している間も、私の脈を診たり、下瞼をひっくり返し貧血のチェックをしたりする。そしてカルテに書き込んでは何度もため息をつく。

「すみません」

「ったく、頭はどうだ？」

「うん、大丈夫」

「だから、嘘言うな」

へへっと笑うと、先生は全くと再びため息をついた。

「うん。でも、本当にちょっと頭痛がするぐらいだから。人の多いところ避けたら、そうでもないし」

そう言っても先生の心の音は、相変わらず警報機の音を鳴らしていた。

カーンカーンカーンカーン
カーンカーンカーンカーン

「お前のちょっとだけは当てにならない。本来なら働くのだってよくないのに」

二十四時間、人の心の音が鳴り続けている私の頭の中は休まることがない。特に人の多い都会では、常に音が鳴り響いていて、私の頭はパンク寸前だった。

綺麗な音が流れているならまだ我慢できる。でも人の鳴らす心の音は、発する声以上に感情的な意味を持ち、都会に生きる人たちの大半は、悲鳴のような音を鳴らしていて、その音は私の頭を確実に蝕《むしば》んでいた。

「大体そいつ、お前のことを何も分かってないんだろ？　こうやって頭痛が酷《ひど》いのも。

そんな奴と一緒にいるなんて無謀すぎるだろ。それに、音のことをそいつが知ったら……」

先生は、私が黙ったのに気付いて言葉を止めた。そして、面倒そうに頭を掻きむしると、

「あぁもう、分かった好きにしろ」

と先ほどよりも盛大なため息を吐き出した。

久米診療所の別邸にある一階の和室にやってくると、畳んである布団にダイブした。

再び久米診療所で暮らし始めたのは今年始めのこと。元々久米先生とは中学生の頃も一緒に暮らしていた。久米家は代々真中家のかかりつけ医で、母も祖母も曽祖母も久米診療所に世話になってきた。

心の音がどれほど身体に影響を及ぼすか、影響が出た身体にどんな治療法があるか、久米家は長年研究を続けているけれど、それらしい治療法は未《いま》だに解明できていない。研究材料が少ないことと、この不思議な病を公表できないことが一番の原因で、そもそもこれが病なのかも分からなかったからだ。

先ほどまでは警戒音を鳴らしていたけれど、普段の久米先生の音は、白味を帯びている清い音だ。

サラサラサラ
清くて流水のような音。

それに加えて最近は心配しているような、チンというトライアングルのような高い音も聴こえる。

私を心配しているのだろう。

ふと起き上がり、棚の上にある仏壇の鈴《りん》をならし手を合わせた。鈴の脇には祖母や母の遺影が並んでる。

私だって分かってる、無謀だって。

この間だって、蔵前で危うく彼にバレそうになった。

女性の悲鳴のような心の音。それが急に途切れ、鉢植えが落ちてきた。

でも、危険と分かっているのに、全てを放置できなかった。

もしかしたら、このまま由良君と一緒にいれば、音が聴こえることを話さないといけなくなるのかもしれない。

そうなったら、父と同じように彼が離れて行くかもしれない。気味悪いと言って私を遠ざけるかもしれない。

でも、それまでは、その時が来るまでは。

彼と一緒にいさせて欲しい。


「鎌倉から通ってたの？」

「うん」

「どうして？」

「このお店が好きなの」

由良君は、納得していないのか、何度も首を傾げている。

そのたびに、

コロンコロンコロン
コロンコロンコロン

なんでだろう、どうしてだろうと、玉が転がるような音がして、思わず笑ってしまう。笑った私を見て、ん？　と彼はまた首を傾げる。

私のシフトが終わった後、由良君はこうやってお店に来て、ちょっとした時間も共有するようになった。多分彼は、この間の男たちに絡まれた件を気にしているのだと思う。

お気に入りの街並みが見える窓側の二人席。淹れたてのコーヒーを飲みながら、由良君は営業報告書を書いて、私は週末のデートの計画を立てる。そんな些細《ささい》な日常が楽しくて、胸が弾む。

「由良君、久米診療所、覚えてない？」

「もちろん覚えてるよ、中学校の近くの病院。真中さんのお祖母《ばあ》さんが入院してた病院だよね？」

「そう。私、今そこに住んでるの。昔から先生にはお世話になってて、診療所の裏にある別邸に住まわせてもらってて」

「先生って、確か、おじいちゃん先生だったよね」

「あの頃の先生はそうなんだけど、今は、その息子さんが継いでるの」

「息子さん……もしかして、この間、コーヒーショップの近くにいたりした？」

「え？　うん。久米先生が都内の病院に用事があるからって一緒に来たんだけど」

「なんだ、そうだったんだ」

由良君から鳴る心の音が、安堵したような音に変化した。

ホロホロホロホロ

どうしたのだろう？　と由良君の顔を覗き込むと、

「いや、いいんだ。そっかそっか」

と一人で納得した。

「あ、でも鎌倉からだったら、週末別なところにする？　浅草遠いよね？　ちゃんと住んでるところ聞けばよかったね」

「由良君は悪くないよ、私が言ってなかったからだから。それに遠いのは遠いけど、知らない街に行くのは楽しいよ」

「そう？」

「うん。そのために東京に来たんだし。それに由良君は近いんでしょ？」

「僕の住んでるところは清澄白河だから、浅草からなら、すぐそこって言ってもいいくらいかも」

「そっか」

「有名な美術館があって、大きな公園があって、お洒落なカフェもあるよ。今度案内するよ」

「本当？」

「うん」

「約束だよ」

私たちは指切りをすると、お互い目があってクスクスと笑い合った。

「じゃあ、待ち合わせ時間は」

スマホの画面に目を落とすと、突然、由良君の心の音が揺れた。

シャラララカタカタ

カタシャラララカタカタ

スマホの画面から顔を上げると、由良君はどこか宙を見ていて、いつも鈴のように弾ませている心の音は、途切れ途切れになっていた。

どうしたのだろう。

辺りを見渡しても、誰かがいる訳でもなく、特に何かがあった訳でもない。だけどその時だった、店内にクラシックのＢＧＭが流れているのに気付いた。

テレビや映画などで使われているのか、どこかで聴いたことがあって、その曲は全てピアノで演奏されていた。

由良君は、宙に浮かせていた目を落ち込むように一度伏せる。そして私の視線を感じたのか、ハッと顔を上げ、困ったように笑った。

でも、笑っているのに彼の心の音は、

シャラザァザァザァザァ
ザァザァザァザァ
シャラザァザァザァザァ
ザァザァザァザァ

どこか寂しそうで、雨が降る中、一人ぼっちで泣いているような音が鳴っていた。

4

中学生の頃、彼女と一緒に海を見たことがある。多分、彼女が転校してきて、まだ一週間も経たない頃だったと思う。

放課後、彼女が僕のピアノ練習を見にくるようになったせいで、いやむしろおかげと言うべきか、僕は一時間の練習をサボるのを躊躇《ためら》うようになっていた。

だから、その日も母さんと喧嘩《けんか》して、ピアノに向き合うのが億劫《おっくう》な時でさえ、無理矢理、学校へと向かった。

もちろん何の義理もないのだけど、素直に聴いてくれる誰かがいると、また違うモチベーションが上がるということに、僕はその頃、薄っすらと気付いていた。だけど、そういう時に限って、彼女は学校を休んでいた。

なんだ、せっかく来たのにな。

当たり前に彼女がいるものだと思っていた僕は、せっかくとか、皮肉めいたことを思いつつ、本心ではガッカリしていた。

だから放課後になり、いつもなら音楽室へ向かうはずなのに、寄らずに玄関に向かった。一時間のピアノ練習をサボるのは久しぶりで、どこか後ろめたさもあるけれど、ピアノに向かう気分になれなかった。

玄関から正門までの道なりには校庭があって、部活をする生徒で溢れていた。

僕は平日も休日もピアノの練習があるから、どこの部にも所属していなかった。彼女も所属しようとしないので、「部活入らないの？」と一度聞いたことがあった。でも彼女は、「お祖母ちゃんのお見舞いに行きたいから」そう返した。

正門までやってくると、僕は立ち止まった。自宅に帰るのも、電車に乗るのも、右に曲がればいい。でも左に行けば久米診療所がある。

今日の僕には右に用はなかった。

久米診療所は学校から五分も歩くと着いた。和洋折衷で出来ていて、県から歴史的建造物として登録されている建物だ。

もしかしたら、ここに来れば彼女に会えるかもと思ったのだけど、よく考えたら得体の知れない中学生が来ても、中に通してくれないだろうし、彼女の祖母の名前も知らなかった。

真中、と苗字《みようじ》を言えばいいかもしれないけど、母方と父方で苗字は違うだろうし、それとも、前で待っていたら彼女は出てくるだろうか。そんなことをダラダラと考えていると、

「何か用？」

と声が聞こえて僕は振り返った。

男性がロードバイクから降り、僕めがけてやってくる。

背が高くて、メガネをかけている。学生のようにも見えるし、社会人にも見える風貌だけど、この時間にここにいるのだから、もしかしたら学生なのかもしれない。

「うちに用？」

「いえ、いいんです」

僕は、何も悪いことをしていないにも関わらず慌てて走り去った。

学校方面には向かわず、病院の前の坂道を下っていく。

「あ、おい！」

なんて声が背中から聞こえなくもないけれど、僕はそれを無視して走った。

角を曲がり、病院が見えなくなると、ようやく足を止め、ふぅと息をもらした。

あの男性は追いかけてこないようだ。僕は、再び歩き出した。

久しぶりに思いっきり走ったからか横っ腹が痛かった。自分でも何でこんなに彼女を探しているのか分からなかった。彼女に、何か用？　と言われても、その用が思いつかなかった。

明日学校に行けば、多分彼女はいつも通りいるだろう。さすがに二日続けて休みはしないだろう。

それなのに、僕は一体どうしたのだろう。

江ノ島《えしま》電鉄の踏切を抜け、国道を渡ると海が見えた。

まだ四月の海だからか、泳いでる人はいないけれど、沖の方でサーファーが気持ちよさそうに波に乗っているのが見えた。

磯《いそ》の匂いを嗅ぎながら砂浜を歩いていると、流木を椅子代わりにして座っている女の子がいた。

彼女だった。

ジーパンにTシャツ。そしてイエローのカーディガンを着ている彼女は、気持ちよさそうに海風にあたっている。

僕は彼女の姿を見つけると、何故かホッとした気持ちになって歩き進めた。

砂浜を歩くシャリシャリという音が聴こえたのか、彼女は波の音やトンビの声で騒がしいにも関わらず、声を掛ける前に振り返った。

僕は意表をつかれ、その場に立ち尽くし、出てきた言葉が、

「サボったな」だった。

「うん、ちょっとね。そっちこそ、サボったな」

「うん、ちょっとね」

僕は、そう言いながら砂浜に座ろうとすると、彼女は「どうぞ」と流木を半分勧めてくれた。

「久しぶりに来ると、気持ちいい」

僕たちは、流木に並んで座り、ザザァザザァと繰り返す波の音を聴きながら、海を眺める。

「海の出す音が心地いいの」

確かに海の作り上げる音は心地いい。楽器から出てくる音とはまるで違う。

自然が繰り出す音は、人には到底出せるものではなく、それを知っている演奏家は、聴くたびに自然の力を思い知らされる。

何分、そのまま動かずにいただろう。何も話さず、僕たちはただただ波の音を聴いていた。

沖にいたはずのサーファーが砂浜に戻り、青かった空がいつの間にかピンク色になった頃、

「何かあったの？」

長い間、話さなかった彼女が声を出した。

その時、僕はようやく、彼女に話を聞いてもらいたい、何かあった？　と言って欲しかったのだと気付いた。

だから彼女を探し続けていたのだ。

「僕がピアノを始めたのは、母さんに夢を託されたからなんだ」

母さんは小さな頃からピアニストになるのを目標とし、練習に明け暮れていた。だけど、高校を卒業した頃に父さんと出会い、僕を妊娠したことで、その夢を諦めた。母さんはそんな僕に、自分の夢を託した。

母さんは物心つく前の僕にピアノを教え、四歳の頃には何曲か弾けるようになっていた。そして小学生になった頃には、都内にある音大の教授に教えてもらっていた。僕は母さんが喜ぶ姿を見るのが嬉しくて、練習するのが苦ではなかった。何より褒めてもらえるのが嬉しかった。そしていつの間にか自分でもピアノを奏でるのが楽しくなっていた。でもそれは小学校の低学年までだった。

高学年になると、母さんの要求は増えていき、コンクールで入賞しないと叱責を受け

るようになった。

好きだったピアノが、いつの間にか義務になり、そして家族の軋轢《あつれき》を生み出していると気付くのには時間がかからなかった。

夜眠れず、リビングに行くと、母さんは父さんを責めていた。

私はあなたと結婚して子供が出来たから、ピアノを諦めなければいけなくなった。

父さんは、そんな母さんに何も言わず、その言葉をそのまま浴び続けていた。

もし、それが本当ならば、母さんの邪魔をしたのは、父さんではなく僕なのではないだろうか。僕を妊娠したから諦めるしかなかった。

そんなことが僕の頭の中を占拠し始めた。

それからも僕は義務で続けていたけれど、僕の演奏が誰にも届いてないのは明白で、そんな演奏がコンクールで賞など獲《と》れる訳もなく、その状態が今も続いていた。

そしてそれ以来、僕は母さんと正面から向き合えなくなっていた。

ピンク色から紫色に変貌を遂げる四月の空は、絵具をちりばめたような色合いをしていて、なんとも言いがたい美しさを見せてくれる。

「それなのに、なんでまだ弾いてるんだろうな、とっとと辞めちゃえばいいのに」

そうなのだ。もう母さんの喜ぶ姿を見ても、嬉しいとも何とも思わない。むしろ、嫌悪感さえ抱く。それなのに何故か辞められない。休むことはあっても、数日後には弾かずにはいられなくなる。

ピアノを弾きたくてどうしようもなくなる。

指が意思とは関係なく勝手に動いてしまう。

音を奏でたくなる。

夜に向けて風が強くなってきた。薄ら寒くなってきて、そろそろ帰ろうかと腰を上げた時、彼女は、

「それでもやっぱり私は、由良君の出す音が好きだな」

そう海の音を聴きながら語る彼女の表情は、何故なのだろう、どこか寂しそうだった。

𝄞

驚くことに彼女は鎌倉から一時間以上かけて、築地にあるあのコーヒーショップに通っているという。その距離の間に、何軒も洒落たカフェはあるだろうし、現在働いている店の別店舗もあるはずだ。

それなのに、彼女は何故、あそこで働いているのだろう。以前聞いた時は、あそこのお店が好きで、淹れ方を覚えたかったと言っていたけれど。

あの店舗の何に魅力を感じたのだろう。そんなことを言ったら失礼だろうけど、不思

議で仕方ない。まぁ僕だってあの店を気に入っているから常連なのだけど。

一階にはレジがあって、コーヒーを淹れるためのカウンターがあり、その真向かいには、テーブル席が数席ある。奥には階段があって、二階に上がるとソファ席やテーブル席がフロアを占めている。太陽の光が入って、オフィス街なのにひっそりとしている。落ち着いたインテリアに、美味しいコーヒー。彼女だって、そんなところが気に入っているに違いない。

それに何より、彼女があの店を気に入ってくれたおかげで、僕たちは偶然にも再会できたのだから、感謝しなくてはいけない。

先日、僕が自分の気持ちを告げると、彼女は涙を落としながら「はい」と返事をしてくれた。思い掛けない返事に僕が唖然《あぜん》としていると、彼女の茶色い瞳からいくつもの涙が零れ落ちていた。

僕は慌ててポケットからハンカチを取り出すと彼女に差し出した。

なんで泣いてるのだろう。

もしかして、友人だと思っていた男から交際を迫られたのが嫌だったのだろうか。

でも『はい』と返事してくれたよね。聞き間違いじゃないよね。

悶々《もんもん》とした虚《うつ》ろな顔をしていると、そんな僕に気付いた彼女が、

「嬉しくて」

そう言って、再び涙を流し、ハンカチで拭っていたのだ。

「見て見て」

顔を向けると、彼女は笑顔で空を見上げている。

今日の探索デートは浅草だ。浅草寺《せんそうじ》で手を合わせると、仲見世で人形焼きを買い、ついでに桜を見に行こうと、吾妻橋《あづまばし》を渡って公園へとやってきた。

隅田川沿いにある公園は、桜が有名で、川沿いはもちろん公園内も桜が満開だった。

ここの桜は、悠然とした佇まいで人々を見守っていて、僕たちの中学の桜と、どこか似ていた。

風が吹くたびに、ピンク色の雪が舞い、周りから感嘆の声が漏れる。

休日だからか見物客が多く、彼女は何度か人にぶつかりそうになっていた。そのたびに僕は彼女の肩を遠慮気味に引き寄せる。あまりに細くて折れてしまうのではないかと心配になるのと同時に、妙な気持ちが湧き出てきて申し訳なくなる。

でも彼女は、そんな僕の気持ちには気付いていないようで、疲れた表情をしていた。

「大丈夫？」

「うん、ちょっと人酔いしたかも」

「多いもんね」

蔵前の時もそうだったけれど、どうやら彼女は人が多いのが苦手なようだ。

確かに東京は沖縄と比べたら人も多い。沖縄から出てきたばかりなら慣れないのも仕方ないだろう。

「綺麗だね」

彼女は、落ち着いたのか桜を見上げた。

そんな彼女の横顔を見ながら、

「うん」僕は答えながらも顔がにやけてしまう。僕らは付き合ってる。彼氏彼女の関係なのだと叫びたくなるのを我慢する。我慢しながらも顔だけは緩んでしまう。

「覚えてる？　学校の桜」

「もちろん。桜が満開の日に真中さんに会ったんだし」

僕たちはふふふと見合って笑い、そしてどちらともなく手を繋ぎ始めた。

彼女は今日も鎌倉から浅草までやってきた。別の場所に変更しようよ、そう言ったけど、知らない街に行くのが楽しいからと結局浅草のままになった。

例えば僕が、『それなら一緒に暮らそう、お店も近くなるよ』そんなこと言ったら、彼女は何て答えるだろう。

『いいよ』

と答えてくれるだろうか。それとも、

『無理だよ、付き合い始めたばかりなんだし』

と断られるだろうか。

付き合いたてのカップルが、どこまで進むべきなのかが分からないし、どれほど付き合ったら、そういう流れになるのかも分からない。

僕にだって今まで、それなりに彼女と呼べる女性はいた。でも、若さ故の付き合いが多く、四六時中一緒にいたいと思ったことはなかった。

ましてや、僕が通っていた音大は、試験や課題が多くあり、一カ月に一度会うのもままならなかった。だからか僕は女性に呆《あき》れられ、フラれてしまうことが殆どだった。だけど僕はそれも仕方ないと諦めていた。

男と女の関係なんかそういうものだろう。そうやって、いつも追いかけずに諦めていた。

でも、彼女は違う。

胸の中にある電灯は、未だにピカピカに光り続けていて消えそうにない。むしろ眩しいほどに隅々まで照らし続けている。

彼女が僕を照らし続け、僕も、そんな彼女を照らせたらいい。

一日の最後に見るのは彼女で、一日の最初に見るのは彼女がいい。

そんなことを考えてしまう。

そういえば彼女はどうだったのだろう。三カ月前に沖縄から出てきたと言っていたけど、彼氏はいたのだろうか。いや、いない訳ないよな。どこからどう見ても彼女は美しい。肌の白さも薄茶色の虹彩も彼女を魅力的にしている。それは僕だけが思っていることではないようで、道を歩いていると、隣に僕がいるにも関わらず、振り返る男たちが多数いた。

そんなだから、彼女に言い寄った男は今まで何人もいたはずで、あのコーヒーショップで働いている間も声を掛けられたに違いない。

それなのに、そういう男たちではなく、僕を選んでくれた事実にはなんだか不思議な気持ちにさせられる。

「ねぇ由良君、この後って、水上バスに乗るんだよね」

「うん、念願のね。真中さんが行きたかった海を見れるよ」

「嬉しいな」

「そういえば、中学生の頃、海の出す音が心地いいって言ってたよね？」

彼女は、何故か一瞬黙り、

「そうだっけ？」と言った。

「うん。鳥の出す音、海の出す音っていつも言ってて、僕にも、由良君は綺麗な音を出すって言ってた。音を出すって表現が面白いから覚えてたんだけど……覚えてない？」

彼女は何故か僕からすっと視線を外し、再び桜を見上げる。

「うん……まだ子供だったたから、そんな風に言ったんじゃないかな」

「そっか」

僕の勘違いか、もしくは彼女が忘れているのだろう。

だけど……真中さん、か。

同棲《どうせい》の前に、まずは呼び名をどうにかしないと。

中学時代のクセで真中さん呼びが抜けない。香澄、なんて下の名前を突然呼んでも彼女は嫌がらないだろうか。

そんなことを考えてしまう。一応、彼氏彼女の関係なのだから、好きにしたらいいのかもしれないけど、彼女がどう反応するのか気になってしまう。

彼女は僕のことを、中学時代のまま由良君と呼ぶ。

それもそれでどこか寂しい。もう少し親密に呼んで欲しい。

付き合ったら付き合ったで、色んな悩みが出てくる。小さなものから大きなものまで。

明日、会社に行ったら、城内に相談してみよう。まるで学生みたいな悩みだなとか言われそうだけど、今の僕にはアイツしか相談出来る相手がいない。

城内への質問事項を頭の中でまとめていると、突如、音が聴こえた。

ぎこちなく、たどたどしくではあるけれど、弾いてやるぞという強い意志が感じられる音だった。

音を辿って行くと、公園のちょっとした広場に、グランドピアノが置いてあり、リュックサックを背負った女の子が音を奏でていた。

最近流行《はや》りの街角ピアノというものみたいだ。道行く花見客は何事かと顔を向け、その音の発信源がピアノだと知ると、足を止め聴き入っていた。

シューマンの『トロイメライ』。

それほど難しい曲では無いけれど、ピアノを弾く彼女はまだ演奏歴が浅いのか、ところどころ間違えている。ただ、たどたどしい音とは対照的に、楽しくて仕方がない、そんな表情をしていた。

彼女の指先が動くのと同時に、空気も弾んで軽やかな音が耳に届く。ぎこちなかったはずなのに、それすら心地よいものに変わっていた。

桜の舞う公園に彼女の放つ穏やかな旋律が波打つように流れていく。

トロイメライの楽譜は頭の中に入っている。母さんが好きで、小学生の頃、何度も弾かされたからだ。

太ももに置いてある左指が自然と動く。手があの曲を覚えている証拠だ。僕は彼女から手を離すと、右手で左手を押さえた。

もう辞めたはずだった。それなのに体に染みついた習慣というものは、たまに持ち主である僕を驚かせる。

「由良君？」

ハッとして横を向くと、彼女は僕を心配そうに覗き込んでいた。

「大丈夫？」

「……うん、行こうか」

人だかりをかき分け、僕はその場から離れた。

橋を渡り、川沿いの水上バス乗り場へとやってくると、お台場へ向かう片道切符を購入する。直ぐに入船のアナウンスがあり、僕たちはお台場を目指すために乗船し、二階のデッキのベンチに座る。

客の乗船が終わると、再びアナウンスが聴こえ、エンジン音を響かせながら水上バスが桟橋から離れた。

キラキラと光る川面《かわも》にさざ波が立ち、水上バスはビルの隙間の川を渡って、お台場を目指し走っていく。

二階には僕や彼女以外にも客がいて、その殆どが景色を眺めていた。

彼女は先ほどから何も話さなかった。あんなに楽しみにしていた水上バスだったのに、どことなく寂し気な表情をしている。

なんとなくだけど、待っているのだろうなと感じた。

僕の言葉というか、言い訳というか、とにかくピアノの件を話して欲しいのだと思う。中学生の頃、彼女に嫌というほど弾かされた、そのピアノを僕はまだ彼女の前で一度も弾いていないし、仕事だってまるで違う職種だ。

その件について、彼女は理由を聞きたいのだろう。

先日のノートを受け取った時だって、戸惑う僕に彼女は気付いたはずだ。でもその時も何も言わなかった。

黄色味のある空が、徐々に夕方に向けたピンク色へと変わっていき、どこか切なさを持った色に変化していく。

隅田川を下降し、もう少しで東京湾に出る、そんなところで僕はようやく声を出した。

「……ピアノは随分前に辞めたんだ」

彼女は、風でなびく髪の毛を押さえながら、僕へと振り返る。

「高校の時も、音大の時も、何度もコンクールに挑戦したけど、どこにも引っ掛からなかった。元々、自分の意思で始めたものじゃなかったから、もしかしたら、そういう気持ちが音に出てたのかもしれない」

僕の言い訳めいた理由を、彼女は、どこか寂しそうな顔をして聞いている。

「才能がなかったんだ」

彼女はピアノを弾かない僕をどう思うだろう。全て辞めると言った時の母さんと同じように失望するだろうか。

だけど彼女は、

「うん。もういいよ、分かったから」

と明るい声を出し、それ以上何も言わなかった。

「鎌倉？」

金曜日の居酒屋はどこも混んでいて、僕たちはようやくありつけた酒とつまみにガッツいていたところだったのだけど、城内は、口につけたビールを零しそうになり、手で口を拭い、今度はその手をおしぼりで拭った。

「また微妙に遠いところから通ってるんだな、ってか、彼女と順調なんだな」

「まぁ、うん」

と顔を向けると、城内は、僕をからかいたくて仕方ないという表情をしながら、つまみをパクリとした。

「その節は色々ありがとうございました」

僕は、城内に深々と頭を下げる。相談した身なのだ。城内のアドバイスは何一つその後に繋がっていないけれど、一応頭を下げた。

「まぁ俺は何もしてないけど……あの由良がねぇ」

どうやら自分のアドバイスが、呆れるほど適当だった自覚はあるようだ。

「それでさ、あの由良ついでに聞いて欲しいんだ」

「何だよ」

僕は、躊躇いながらも同棲について相談する。彼女は鎌倉から通勤に一時間以上かかっている。だから一緒に暮らそうと提案したい。付き合いたてのカップルがすぐ同棲するのはリスクがあるのか。交際何カ月辺りだったら妥当なのか。それを彼女に言ってもひかれないか。僕は矢継ぎ早に質問した。

「由良って、本当真面目だよな」

城内は、からかうのを通り越して、妙に感心した表情をしている。

「こういうの真面目って言うのかな?」

「それ以外に何て言うんだよ」

「……彼女を大事にしてるとか?」

城内は、とうとう吹き出して笑った。そして、

「だったら、そのまま彼女に言えよ、僕はあなたを大事にしてるから一緒に暮らしたいってさ」

と、またもやアドバイスらしいアドバイスはくれなかった。

営業先から会社には戻らず、そのまま彼女の勤めるコーヒーショップへと向かう。週末のデートの打ち合わせをするためだった。

ビルの谷間から見える太陽の日差しは春らしい陽気を届け、僕の心も温かく包んでくれる。

彼女は午後五時ちょうどにシフトを終えると二階の席へとやってきた。階段を上って、キョロキョロと僕を探すのを見つけ、

「真中さん」と声を掛ける。

「お待たせ」

今日の彼女の恰好は、白のシャツにジーパン姿。僕と会う時は下ろしている髪も、勤務のある日は頭のてっぺんで結んでいる。仕事用の彼女を見るのも僕は好きだ。ちょっとばかり余所《よそ》行きで、僕といる時の彼女とは少し違う。彼女のようでどこか彼女ではない。半分は、まぁ大きくなったのね、と親戚のおばちゃんが言うようなものと似ている感覚で、あとの半分は、彼女のプライベート部分も知っているんだぞという優越感だ。

「大丈夫、仕事してたから」

「これから、会社に戻るの？」

「うん。でも、報告書出すだけだよ」

今日の営業報告書を提出すれば仕事は終わる。その後、時間があるといえばあるのだけど、彼女は、このあと鎌倉まで戻るため、この打ち合わせも一時間程度で終わらせないといけない。

それに、久米診療所には門限があり、夜八時までに戻らないといけないらしい。

「二十三歳なのに」

「そうなの、二十三歳なのにね」

彼女と僕は顔を見合わせて笑った。

門限があると聞いた時は驚いてしまったけど、この間変な奴らに声を掛けられたことで出来たらしい。それに夜の鎌倉の住宅街は結構暗く、それも心配しているのだと思う。神社や寺もあるし、山もあるから物騒といえば物騒だし、だから門限があった方が僕も安心だ。

ただ僕たちは、こうやって平日の合間を縫うか、週末にしか会えない。まるでおとぎ話のシンデレラのようだけど、向こうは夜中の十二時までなので、まだマシなのではないかとさえ思えてしまう。

「次に行きたいところ、ピックアップしてきたの」

彼女が次に案内して欲しいと言ってきたのは、お台場だった。

「でも、この間、水上バスで行ったよね？」

「うん。でも降りただけで、ゆりかもめに乗って帰ってきたでしょ？　あの後、調べたら、どうやらレインボーブリッジって歩いて渡れるみたいなの」

「え？　そうなの？　東京に長いことといるけど、知らなかったな」

彼女は、やった！　と得意げな顔を見せると、

「ね、渡ってみたくない？」と目を輝かせる。

「そうだね。うん、次は、お台場に行こうか」

彼女は、うん！　という愛らしい顔を僕に向けた。その表情がなんとも言えなくて、やっぱり、もっと彼女と一緒にいたい。そう思ってしまう。くだらないことで笑い合って、悲しいことがあったら一緒に泣いて、慰めたいし慰められたい。

彼女がいれば、辛いことも何でも乗り越えられるような気がするし、彼女が辛い時は、僕がそばにいたい。

人を好きになるのは不思議だ。自分の好きなものを相手に分けたくなり、彼女の好きなものをおすそ分けして欲しいと思う。そして相手の辛さを半分受け持ちたくなる。

「あのさ」

「あの」

僕が意を決して声を出すと、彼女も同じように意を決した声を出す。

「何？」

「どうしたの？」

また同時だ。

僕たちは可笑《おか》しくなって、

「いっせいので言う？」僕が聞くと、彼女は笑いながら頷いた。

「じゃあ、行くよ」

彼女は、また分かったと頷く。

「いっ、せい、の〜」

僕の掛け声と同時に、
僕は「一緒に暮らさない？」

彼女は「名前で呼んで欲しいの」

と声を出す。

僕たちは、互いに顔を見合わせるとピクリとも動かずに固まった。僕はポカンとし、彼女の頬は赤く染まっていく。そして数分後、我に返ると、
僕は「了解です」

彼女は「よろしくお願いします」

と、再び同時に声をあげ、僕たちは照れくさくなり、それを笑って誤魔化した。

彼女の親代わりである久米先生へ挨拶に行く日、準備をしていると玄関のチャイムが鳴った。

ドアを開けると宅配便で実家からの荷物だった。中を確認すると野菜やら果物、そして手紙が入っていた。


『たまには顔を出しなさい』


その字に見覚えがあった。学生の頃、嫌というほど見ていた母さんの字だった。

約束の時間よりも早く鎌倉へやってくると、診療所へ向かう方向ではなく左へと曲がった。

駅から歩いて数分。実家の前まで来てみたものの、どうしたものかとボーッと家を眺めていると、

「亮介か？」

突然、後ろから声が聞こえ振り返ると、買い物袋を持った父さんが立っていた。

「久しぶりだな」

「あ、うん……」

「どうした、入れ」

父さんに促されるように家の中に入る。

実家って不思議だ。もう家を出て何年も経っているのに玄関に入って匂いを嗅いだだけで、十代の頃、ここから学校に通っていたのを思い出す。

「荷物が届いたんだろう」

「うん。ありがとう」

「母さんがな、送ろうって言ってな」

「中に手紙が入ってた」

「そうか……もう少しで帰ってくると思うんだけどな」

母さんは土日、ピアノ講師をしている。教室を持っているのではなく、生徒の家に出向く形の講師だ。僕がこの家を出た十八歳の頃からその生活をしている。

小学生の頃、僕と母さんは生徒と先生だった時期もあって、一度も家で安らぎというものを味わってこなかった。

それに母さんは、母親というより常に先生だった。

ご飯を食べる時も、家族でどこかに行く時も、どんな時もピアノのことを考え、ピアノのために生きろと言わんばかりに僕を注意した。

「指を大切にしろ」「体育はやるな」「球技はやるな」「車の免許はとってはいけない」

だから、僕たち親子に、深い溝が出来上がるのも仕方がないのだ。

僕は、「ちょっとピアノ部屋見てくるよ」そう父に声を掛けると、一階の奥の部屋へ向かった。

僕が以前使っていた部屋は二階にあるのだけど、十八歳で家を出る時に全て処分したので部屋はからっぽだ。多分、今は物置部屋になっていると思う。

廊下を奥まで進むと、庭に面した部屋があり、その中央にグランドピアノがあった。この部屋は、家族の中でピアノ部屋と呼ばれている。実家にいる頃は、二階の自室よりも、このピアノ部屋にいる時間の方が長かった。

壁に埋め込まれている本棚には楽譜が綺麗に並んでいて、いくつかメトロノームも置いてある。ピアノの屋根は閉まっていて翼を閉じてる鳥のように大人しい。母さんは弾いてないのだろうか。

僕がボーッと突っ立っていると、父さんがコーヒーを持ってやってきた。

「ありがとう」

とマグカップを受け取り、口をつける。

「何かあったのか？」

「え？　あぁ、ちょっとこっちに来る用があったから、そのついでに」

「そうか……なぁ亮介、今度キトンブルー行かないか？　あそこの店長が、お前のファンで、ぜひ店で弾いて欲しいって言ってて、母さんも聴きたいって言ってるんだ」

「そうなんだ……でも今、仕事が忙しいから」

嘘だった。仕事は全く忙しくない。それにキトンブルーの店長には借りがあるから、いつかは返さないといけないってずっと思っていた。

ただただ母さんと会うのが面倒だった。そしてそれ以上に、今の自分のピアノを聴かせるのが嫌だった。

「じゃあ行くね」

「なんだ、もう行くのか？　もう少しで母さん帰ってくるのに」

「いいよ。本当に用があって、寄っただけだから」

僕は嘘をついた手前、父さんの顔を見れず、玄関へと向かう。

用があるのは本当だ。でも久米診療所はすぐそこで、約束の時間にはまだまだ余裕がある。

だけど僕は、父さんが制止するのも無視して、そのまま自宅を後にした。

5

初めて彼の音を聴いた日のことを今でも覚えている。

その頃、私たち家族は、根無し草のように住まいを点々としていた。それなのに、私たちの噂はどこからか届き、逃さずに纏《まつ》わりついた。

あの家族はどこか変だ。

どうして女しかいないのだ。男たちはどこに行った。

見透かすような、あの目が怖い。

もしかして、何かの力があるのではないか。

気味悪い。近寄らないで欲しい。

私たちは、噂が広まる前にすぐに引っ越しをした。もちろん自分たちの能力を知られる前に、そういう意味もあったけれど、それよりも何よりも人を疑う心の音は、私たちの頭の中を蝕んでいたからだ。

「ねぇ香澄、あなたは我慢せずに好きなことをするのよ」

とうとうこの時が来てしまった。常に心の音が聴こえる私たちは頭が休まることなく、そのせいで長く生きられない。

それに祖母の容態がよくないのは心の音を聴けば分かった。今までハッキリと聴こえていた祖母の心の音が、半年前から徐々に弱くなっていき、今はもう、微かに聴こえるだけになっていたからだ。

祖母の命はそう長くないだろう。

私はそういうのに気付いてしまう。死に向かっている人たちの音の変化に気付き、気付いているにも関わらず、何も出来ない私は、いつも途方に暮れてしまう。

「分かったから、お祖母ちゃんはゆっくり休んでね」

日に日に弱っていく祖母の心の音を聴いていられなくて、私は病室を出ると、診療所の近くにある学校へと向かった。

近々この学校に転入するのが決まっていたからだ。

でも分かっていた。どうせここの学校も直ぐに転校することになる。どこからか噂が広まっていき、私を疑う心の音がクラス中にひしめく。今までもそうだったのだから、それは変わりないだろう。

職員室で先生に挨拶をすると、私は一人、校舎を探検した。まだ早い時間帯だからか、生徒の声や音は聴こえなかった。

水の滴る音や、スリッパの擦れる音だけが廊下を支配して、それがなんとも心地よく、私は耳を澄まして歩いていた。

スンスンスンスン
スンスンスンスン

担任の先生からは、凜《りん》とした音が聴こえていた。教師らしく子供の前では強くいようという意思が感じられ、好感が持てた。

南校舎は道路に沿って建っていて、教室の窓の外に桜並木が見えている。桜が風で揺れ、廊下にも花びらがちらほらと入ってきた。

教室を覗くと、窓が開いていてカーテンが揺れている。どうやらそこから入ってきたようだ。

教室の中に入ると窓を閉める。教室内は桜の花びらが散らばるように落ちていて、掃除した方がいいのだろうかと迷っている時だった。

音が聴こえた。

シャラン
どこか、くすぐったくて鈴が鳴るような音だった。

今までに聴いたことのない不思議な音で、外にいる誰かの音かと、もう一度窓の外を見た。

歩いている人は見えるけど、心の音はそこまで大きくなくて、ハッキリとは聴こえず、首を傾げる。

だとしたら、校舎の中かな。

シャラランまただ。

廊下に戻ると、音がハッキリと聴こえた。

でも心の音だけではない、一緒にピアノの音も聴こえた。

音に導かれるように進んでいくと、音楽室のプレートを見つけ、中を覗き込む。

ピアノを弾いている男の子がいた。

その男の子は、私に気付かずに一心不乱に弾き続けていた。

ピアノの弾む音色と、彼の心の音が混ざりあって、不思議な旋律が流れてくる。

今まで一度も聴いたことのない、ピアノと彼の心の音が絡み合う、不思議な音色。

あまりにも綺麗な音で聴き惚れていると、急に、ピアノの音が止まった。

驚いた顔をした彼が私を見つめていたけど、心から聴こえる音は、絶え間なく響いていて、全身に纏わりついている。

シャララン
シャンシャンシャン
シャララン
シャンシャンシャン
　彼から心地よい音が鳴り響く。
　私は、思わず、
「素敵な音を出すのね」と声に出した。
　音を出すだなんて、変な風に思われなかったかな、そんな後悔をしたけれど、私の杞憂だったようで、彼は、
「そう？」と返事をし、再び弾き始めた。
　どうやら、自分の奏でるピアノの音だと勘違いしてくれたみたいだ。
　彼は私が気にならないようで、そのまま弾き続けている。
　彼が弾くピアノの音色と、彼から発せられる繊細な音があまりにも心地よくて、私はその場から動けず、先ほどまでの憂鬱な気持ちは、いつの間にかなくなっていた。

♬

カチカチカチカチカチカチ
カチカチカチカチカチカチ
カチカチカチカチカチカチ

由良君から流れてくる音が聴こえてきて、プッと吹き出した。それを見た久米先生は、ギロリと私を睨み、由良君は由良君で助けを求めるような顔を私に向ける。そしてその間も彼は震えるような緊張音を響かせている。

由良君は、今まで以上の速さで心の音を鳴らし、音がピークに達すると、神妙な顔を作って久米先生に頭を下げた。

「僕たちの同棲を許していただけませんでしょうか」

ハッとして、私も由良君にならって頭を下げる。

「お願いします」

久米先生は、

「香澄も、それがいいと思ってるってことか？」私を真っ直ぐに見る。

もしそうなれば分かってるんだろうな。そんなことを言いたいのだと思う。

一緒に暮らせば、私の能力がバレてしまう可能性が高くなる。それでなくても見て見ぬふりが出来なくて、私は何度か、彼の前で能力を出している。

それなのに、一緒に暮らしていて隠し通せるのか、先生はそう言いたいのだろう。

先生から、イライラしている、今にも爆発しそうな音が聴こえた。

カツカッカッカ
カッカッカッカ
カツカッカッカカカカ

「はい」

でも私はそう返事をした。

だって私は決めたから、由良君と一緒にいるって。

祖母に言われたように、我慢せずに好きなことをしようって。

普通の、どこにでもいる女の子のように生きようって。

それが伝わったようで、先生は息を吐き出すと、

「分かった。ただし無理はさせないで欲しい」そう言って許可してくれた。

「はぁ、緊張した」

由良君から流れている音は、先ほどより安定しているけれど、緊張はまだ解けていないらしく、

カチカチカチカチカチカチ
カチカチカチカチカチカチ

と、まだ鳴っている。

「でも知らなかった、お母さんも亡くなってたなんて」

由良君に、同棲するにあたって親御さんに挨拶を、なんて言われ、自分の家族の説明をした。母は去年亡くなり、父は小学生の頃に母と離婚して、それ以来会っていない。頼れる家族というものがおらず、いるのは久米先生だけだと話した。

「ごめんね、きちんと説明してなくて」

「いやいやそうじゃないんだ。てっきり沖縄にいるのかなって思ってたから」

「うん。お母さんは去年亡くなって、でもだからこっちに戻ろうかなって思ったの」

「そうなの？」

「やっぱりやりたい事はやっておくべきだなって、そう思って」

「それって、あのコーヒーショップで働いて、東京巡りをするって？」

「……うん」

「そっか」

久米診療所から駅に向かっていく途中には私たちが通った中学校がある。三月終わりの今の季節は桜が満開で、学校前の道路は花びらが占拠し、風が吹くたびに舞っていた。満開の桜を見ていると、私たちを手放しで応援してくれてるように感じるから不思議だ。

頑張れ、頑張れ、いいぞ、その調子。

我々は君たちを応援しているぞ。

ふと、吹奏楽部の練習音が聴こえた。金管楽器や木管楽器のバラバラな音。でも一生懸命に音を繋ごうと頑張っているのか、必死な心の音も混じり合って聴こえてくる。

きっと桜も、そんな生徒たちを応援しているのだろう。

由良君が急に黙ったので振り返ると、彼は音の聴こえる校舎を見上げていた。

桜の花びらが舞う中、今にも泣き出しそうな顔をしている彼の心の音は、

シャラザァザァザァザァ
ザァザァザァザァ
シャラザァザァザァザァ
ザァザァザァザァ

やっぱりどこか寂しそうで、雨降る中、傘もささずに泣いているような音を出している。

「行こうか」

由良君が駅に向かって歩き始める。でもその間も彼の心の音は雨が降りっぱなしだった。

どうしてそんな泣きそうな音を出しているの？

彼がピアノを辞めてしまったのは、会社員として働いている時点で気付いていたし、それは、彼から流れてくる心の音を聴けば分かった。

ピアノ関連の時、必ずあの頃のようなクリアで繊細な音は鳴りを潜め、雨の降る音が聴こえてくるからだ。

「ねぇ、由良君」

先を歩く彼がゆっくりと振り返って、ん？　という顔をする。その顔はやはりどこか寂しそうで、だからこそ私は聞けなかった。

「やっぱり……いい」

「そう？」

「うん」

「そういえば、さっき久米先生が無理させないで欲しいって言ってたけど、どこか悪かったりするの？」

由良君の心の音が微かに揺れる。私を心配している音だった。

もし、ここで心の音の話をしたら、彼はどう思うだろう。

父のように、気味悪い、そう思うのかな。

そばに来ないで欲しい、そんな音を出すのかな。

「ううん。何でもないよ、貧血気味だから、そのことだと思う」

でも結局それも言えなかった。父が私と母を捨てたように由良君に捨てられたら、そう思うと何も話せなかった。

由良君を駅まで見送り、診療所に戻ると、腕組みをし仁王立ちしている久米先生が玄関にいた。

「本気なのか？」

彼との同棲のことを言っているみたいだ。

カッカッカッカ
カッカッカッカ
カツカッカッカカカ

という怒りの音に加え、

カーンカーンカーン
カーンカーンカーン
カーンカーンカーン

踏切のような警告音も鳴らしている。

「うん」

でも、私は決意を改めるつもりはないと強い意志で頷いた。

私だって好きな人と一緒に過ごしたい。一緒にご飯を食べて、一緒に眠って、一緒に笑い合う。そんな普通で当たり前の生活を送りたい。

久米先生は、それが恒例のように深いため息をつく。私が思いのほか頑固で撤回する訳がないと知っているからだろう。

「さっきはあいつの手前言わなかったけど、一週間に一度は、ここに診察に来ること、いいか、それが条件だからな」

頭を掻きながら面倒そうに言った先生の心の音は、言葉とは裏腹に、

チンスラララララ
チンスラララララ

心配そうな音を出していた。

6

一人暮らしで使用していた食器がそれなりに揃っていたけれど、彼女が折角の二人の門出だから新調しようと言うので近所のインテリアショップへ買い出しにやってきた。

「ねぇ亮介君、これは？」

香澄が手に持っているのは、オレンジとイエローの揃いのマグカップだった。ここで

ピンクとブルーを持ってこないのが彼女らしい。

「うん。いいと思う」

「じゃあ、これは決まり、後はお箸とお茶碗《ちゃわん》かな」

一週間前から、僕と香澄は一緒に暮らし始めた。どこか新たに部屋を探してもいいかなとも思ったけど、僕の部屋を見た彼女は、ここがいい、この街がいい、そう言い、結局僕は動かずに彼女だけが鎌倉から引っ越してきた。

僕は清澄白河のマンションに学生時代から住んでいた。駅から徒歩十分。古いマンションなのだけど中はリノベーションされていて、五階の２ＬＤＫという見晴らしもよく、一人暮らしには充分すぎる部屋だった。

学生の身分で広い部屋に住まないといけなかった理由はひとつしかない。ピアノを置かなければいけなかったからだ。大学に通うのに便利な地区で防音のある部屋を求めるとファミリータイプの部屋しかなく、この広さになった。

でも香澄と暮らすのならば、この広さでよかったのかもしれない。

だけど彼女は、そんな僕の心配をよそに、ボストンバッグ一つだけを持って引っ越してきた。

「荷物、それだけ？」

引っ越してきた日、僕が驚いて聞くと、

「沖縄からもそうだったよ」と何ともないように答えた。

確かに引っ越し手伝うよ、と聞いたら荷物が少ないから大丈夫とは言われたけど、まさか、こんなに少ないとは。

とはいえクローゼットは空けた方がいいと思い、リビングの横にある部屋を香澄に譲った。この部屋は防音になっていて、部屋の隅には未だにアップライトピアノがそのままになっている。

ピアノは布で覆われ、物置と化していて、薄っすらと埃《ほこり》がたまっていた。

この部屋に入った香澄は、そんなピアノを見たはずなのに何も言わなかった。それどころか存在を無視してくれた。ピアノを辞めて一年以上経つ。だけど僕は、その根源を断てずにいる。もう二度と弾かないのなら売ってしまえばいい。本来なら就職と同時に、この部屋だって引っ越ししてしまえばよかった。

それなのに何の変化も起こさずにいるのは、どこかでまだ諦めきれずにいるからなのだろうか。自分でも自分が分からなかった。

香澄は、引っ越してきてから店のシフトを僕に合わせて、午前九時から午後三時までに変えてくれた。朝は一緒に家を出て、午後は早めに帰って夕飯の支度をしてくれる。

僕は料理が苦手なので掃除の担当になった。洗濯は下着問題があるから、お互いに。その他は時間の余裕がある方になった。

ふと、日ごろ僕が使っていたキッチン用品が彼女の手で使われる新鮮さに気付いた。今まで一人で使っていたダイニングテーブルもソファもベッドも風呂もトイレも、今は彼女と二人で使っている。

香澄と暮らし始めてから、朝は包丁の音で目が覚めて、家は常に綺麗で、一定の時間になればお腹《なか》が空《す》いて、美味しい物が美味しいと分かり、それが幸せだと思い出させてくれた。彼女がいなければ、そんなことにも気付けなかっただろう。

「城内のことなんだけど、無理しなくていいからね」

僕たちが同棲すると知った城内が、そろそろちゃんと紹介しろよ、そう催促してきたのは昨日だった。そろそろと言っても、まだ同棲して一週間しか経っていないし、付き合いだってそれほど長くない。

それなのにそんなことを言うのは、絶対に僕をからかう要素を探しているだけなのだろう。だけど、そんな城内でも世話になっているから無下にも出来ず、香澄に相談すると、二つ返事で部屋に招くことになった。

「大丈夫だよ。それに助けてもらったお礼も言いたいし」

「でも、だいぶ変な奴だけど、大丈夫かな」

「そうなの？」

「まぁ、広報だから口が上手いっていうのもあるんだけど……でも根はいい奴っていうか」

「同期なんだよね」

「そう、入社してからずっと一緒。僕さ、事務能力とかまるでなかったんだけど、毎日残業してるのを見て教えてくれたのアイツだけだったんだ」

「そっか。じゃあ、やっぱり会いたいな」

「うん。ありがとう」

僕がニマニマと笑っていると、彼女は、ん？　と覗き込んでくる。

「うん何だか不思議だなって」

「何が？」

「う〜ん。人の縁っていうか」

「縁？」

「うん。だって去年は、香澄と再会して付き合うとは思ってなかったしさ」

彼女は、あぁと気付き、

「迷惑じゃない？」と聞いてきた。

「何が？」

「再会したこと」

「これはどう？」と今度は牛柄の茶碗を差し出した。

香澄は、ふふっと笑い、

「そっか、ならよかった」

「まさか」


「これ美味しい。さすが香澄ちゃん！」

城内は、宣言通り僕たちの部屋に遊びにやってきて挨拶し、ものの五分で彼女をちゃん付けで呼んだ。相変わらずのコミュニケーション能力に僕は感服する。

香澄は満更でもないのか、笑顔で、

「そうですか？　城内さん、こっちも食べて下さい」と答えた。

なんだか面白くないなと思いつつ、親友と彼女が意気投合しているのは、ちょっとだけ嬉しい。

香澄が作ったのは、沖縄料理をメインとした食事だった。ゴーヤチャンプルーにソーキそばに、タコライス、ラフテー。全部沖縄にいた時に、お世話になっていたおばぁに教えてもらったと言う。

「ずっとお礼したいなって思ってたんです。その節は助けていただき、ありがとうございました」

「いやいや俺は何も、由良の後ついていっただけだし」

城内は、照れているのか顔を随分とニヤつかせている。

「それで由良は中学生の時はどんな奴でした？　どうせ面倒臭い奴だったんでしょう」

城内は、彼女が取り分けたラフテーを口に入れ、

「うん、これもイケる」と頬張る。

「面倒臭いだなんて、人聞き悪いこと言うな」

「いいからいいから、お前は黙ってろ、俺は香澄ちゃんに真相を聞いてるんだから」

香澄は、そんな僕と城内のやり取りがおかしかったのか、学生ノリの男子を見守るような目で、ふふふと笑っている。

今度はそんな香澄を見て、僕も城内も顔を見合わせた。

「楽しいみたいだな、同棲」

「まぁね」

僕がそんな返事をすると、城内はムカついたのか隣にいる僕の横っ腹を小突く。

「俺もしようかな」

「え？　彼女いるの？　いつの間に？」

「いや、いない。これから作るの」

城内は相変わらず適当なことを言う。

「なんだよ、それ。あ、そういえば、鴻上スーパーの社長が娘さんの結婚相手探してたな」

「な、なんだって！　逆玉《ぎゃくたま》の輿《こし》やん、最高やん！」

「詳しく聞いてみる？」

「いや大丈夫。自分で聞くから」

城内は、再びニヤついた顔を彼女に向けると、

「で、香澄ちゃん、どうだったんですか？　中学生の頃のコイツは」

と懲りずに聞いた。

「そうですね」

「普通だよね？　ごくごく普通の中学生」

僕があまりにも必死だからか、香澄も城内も笑っている。

「はい。普通の男子でした。先生に反抗することもなく、授業も真面目に受けていたし、遅刻も早退もなかったし」

「なぁんだ、つまらない。優等生な奴は昔から優等生なんだな」

城内は本当につまらないのか、あぁあと、わざとらしく腕を上げ、大きな伸びをした。

香澄が余計なことを言わないでくれて助かった。確かに僕は教師に反抗はしていない

し、授業も真面目に受けていたけれど、学校をサボったことは何度かある。

しかも、彼女は何度かそれに付き合ってくれていた。

でも多分、それにピアノが関係しているから言わなかったのかもしれない。

一応城内は、僕がピアノをやっていたけど、挫折して今の会社に入社したことを知っている。というか、音大卒で冷凍食品会社に入ってくるのが珍しかったようで、理由を聞かれたから答えたのだ。

その時の城内は、「まぁそういう場合もあるよな」と返し、僕はその緩さが有難くて仲良くなったとも言えた。

「だけどさ、お二人さん、お付き合い早々の同棲ってことで、先に見る未来は結婚なんですかねぇ」

城内は、ニヤニヤとからかうような顔を僕に向ける。

「な！　何を！」

僕は、ソーキそばを吹き出しそうになったが寸前で留《とど》まり、ゲホゲホと咳《せ》き込む。

「大丈夫？」と香澄がティッシュを渡し、僕の背中をさする。

「何をって、だってそうだろ？　そんなにお揃いの物を見せつけられちゃぁ、そう思うのが普通だろう？」

どうやら城内は、目ざとくお揃いの牛柄の茶碗や柑橘《かんきつ》色のマグカップを見つけていたようだ。

「あとは、パジャマもお揃いだったりするのか？」

ニヤニヤとする城内に、香澄は、

「ピンポン！　当たりです！」

凄《すご》い凄いと無邪気に手を叩いている。

そして僕はというと、恥ずかしくて身がよじれる寸前だった。

僕たちは、夕飯を食べ終えると、映画を観《み》るためにお風呂に入り、パジャマに着替えて、ちょっとしたおやつと飲み物を用意してソファに集合した。これは一緒に暮らし始めてからの日課だった。

夜寝る前に一本映画を観る。途中で寝てもいいけど、とにかく一緒に見るというのが約束だ。

眠る前まで時間を共有したいという香澄の申し出だった。なんだか可愛らしい申し出に僕は二つ返事で承諾したのだけど、今まで完走したことは一度もなく、寝落ちした僕を彼女が起こすというのも日課になりつつあった。

そして僕たちの日課といえば、週末の東京巡りだった。

東京のブルックリンに始まり、浅草、お台場、新大久保《しんおおくぼ》、六本木《ろっぽんぎ》、新宿、ありとあらゆる場所を巡った。

「今まで一度も？」

僕たちは東京を巡るために、自転車を購入した。ただし、彼女は自転車を運転したことがなかったらしい。今までの人生で、たったの一度もだ。

僕が、本当に？　と驚いていると、香澄はムッとした表情をする。

「危ないからって、お母さんに止められて。お母さんもお祖母ちゃんも乗ったことないって言ってたよ」

「そっか、それならやめとく？　怖がってまで乗るもんじゃないし」

「いいの乗りたいの。それに亮介君がいれば大丈夫だと思うし」

彼女は、そんな嬉しいことを言ってくれる。

ということで、近所のホームセンターに出向き、自転車を手に入れると、僕は近所の公園で自転車の乗り方をレクチャーした。だけど元々運動神経のいい彼女は、一日でマスターし、

「どこかに行きたい！」

と早速言い出して、翌日僕たちは、マンションから行きやすい葛西臨海《かさいりんかい》公園へと向かった。

大通りを自転車で走るのは空気が悪そうなので、裏道を選んで進む。

集中するから話しかけないでね、そう言われていたので、僕は彼女の後ろを見守るように走り続けた。

公園に行く途中、荒川が現れ、船が水しぶきを上げ走っていくのが見えた。

「ごめん、休憩」

彼女は、運転に集中していて疲れたのか自転車を降りた。僕も自転車から降りる。

河口近くだからか、風に乗って磯の香りがやってきた。

僕たちの横では車が次々に通り過ぎていく。

香澄は車の免許も持っていないらしい。沖縄のような田舎だったら車の免許が必要かと思ったけど、自転車と同じ理由で免許を取らなかったらしい。

彼女は、自転車のハンドルに肘を置き、耳を塞いで顔を伏せている。

「大丈夫？」

心配になって覗き込むと、彼女は目をつむっていた。

だが、疲れて苦しい訳では無さそうだった。息は上がっていないし、汗もかいていない。だけど不思議なのは、両手で耳を塞いでいることだった。

そういえば彼女はたまに、電車の中や歩いている時も耳を塞ぐ動作をする。

初めて見た時は何か嫌な音でも聴こえるのかと思ったけど、辺りを見渡しても僕には何も聴こえなかった。

その時も彼女は「集中してるの」そう言っていた。

「疲れた？」

もう一度声を掛けると、

「うん、ちょっとだけ」

彼女は目を開け、耳から手を離すと川を見る。橋の上から見える河口は、太陽を独り占めしながら光輝いている。

「あ、見て」

そんな光の中を再び船が走っていく。

「また水上バス乗ろうね」

「うん」

「約束だよ」

「うん、約束」

青々とした空に、真っ白のクリームのような入道雲がぷっかりと浮かんでいて、いつの間にか夏に向かっているなと、時間の経つ早さを感じていた。

彼女が「出発！」と自転車を漕《こ》ぎ始め、僕はそんな彼女を「待ってよ」と追いかけた。

来年も再来年もその先もずっと、入道雲を見るたびに僕は、彼女と過ごした今日を思い出すような、そんな気がしていた。

清澄白河には、大きな公園と庭園、都立美術館がある。あとは洒落たカフェやケーキ屋さん、セレクトショップが、その周りに点在していた。

西には隅田川が流れていて、枝分かれするように小さい川が流れている水の街ともいえる。

「この街は、東京の何になるんだろう」

「もしかして、ブルックリンの話してる？　蔵前の」

「うん、そうそう」

彼女は、楽しそうに笑って頷いている。

「う〜ん。東京のシャンゼリゼ通りとか？」

「それって、フランスのパリの？」

「うん、そう」

「でもシャンゼリゼ通りって、凱旋門《がいせんもん》が特徴的じゃない？　あの門がないと、それっぽくないような気がする」

「あぁそっか。そしたら鎌倉の方が似てるか」

「もしかして鳥居のこと？」

「そうそう。鶴岡八幡宮《つるがおかはちまんぐう》の参道は日本のシャンゼリゼ通り」

僕たちは、似てなくもないかなぁなどと笑っていた。

「ヴェネチアはどう?」

「それって、イタリアの?」

「そうそう、水の都って言われてるじゃない。この街も川がいくつも流れてるし、似てるんじゃない?」

「なるほど、東京のヴェネチア・清澄白河」

「うん、いい!」

こういうくだらない会話をするのが僕は好きだ。いや違う。香澄とする、こういう会話が好きなのだ。香澄と一緒だから好きなのだ。

その日、僕たちはカフェでサンドイッチとコーヒーをテイクアウトすると、近くの公園に行き、百均で買ったフリスビーとバドミントンで遊んだ。

公園は春の新緑に溢れていて、家族連れで賑わっているけれど、広いからか窮屈さは感じない。

久米先生が無理させないで欲しいと言っていたにも関わらず、香澄は運動神経がよかったし、運動をさっぱりしてこなかった僕よりもずっと動けた。

言われてみると、中学生の頃から香澄は活発だった。確か体育祭のリレーで一位を取っていた。それなのに貧血とか有り得るのだろうか。今だって、そんな風にはまるで見えない。

「亮介君！　集中集中！」

そんなことを考えていると、どこかの監督のような口調で、香澄はフリスビーを投げてきた。


「そろそろ帰らない？」

太陽が西に傾き始め、空の色が変わり始めようとした頃、もはや香澄を負かすことは出来ないと悟った僕は、自分の威厳を守るために提案した。

「そうだね、スーパーにも寄らないといけないし」

「そうそう買い出し買い出し」

「食料食料」

僕たちは荷物を鞄に入れると、マンションの途中にあるスーパーめがけ歩き始めた。

「今日は何が食べたい？」

どちらともなく手を繋ぐ。彼女の手は冷たい。体温が低いのも関係しているのかもしれないけど、僕は高い方だから、そんな彼女を温めるつもりで、よく手を繋ぐ。

彼女のひんやりとした手が僕の熱と入り混じり、ちょうどよい温もりになるのが僕は好きだ。

公園から都立美術館を抜け、川に沿いながら歩いていくと、カフェやレストランが見えてくる。テラス席は家族連れの客で賑わっていて、香ばしい美味しそうな匂いもしてきた。

僕たちは立ち止まり、店の前にあるメニューを見て、

「今度来ようか」

「うん。美味しそうだね」

そんな約束を交わした。

ふと川を見ると、ボートが水しぶきを上げて進んでいくのが目に入った。多分高校生の漕艇部《そうてい》だろう。二人乗りでオールを必死に漕いでいる。

その場にいた歩行者たちもボートを羨ましそうに見ていた。

「近くの高校生かな。気持ちよさそうだね」

僕は彼女に声を掛けた。でも香澄は返事の代わりに、僕の手を何かに怯《おび》えるように力強く握る。

「どうしたの？」

あまりにも強く握るから、僕は薄っすらと痛みを感じていた。

だけど彼女は返事をせず、顔を反対側の岸に向けている。僕は彼女の視線を追いかけるように顔を反対側に向けた。

少年が歩いていた。

川の反対側だし、後ろ姿だから確証はないけれど中学生だろうか。制服を着ていて遠目でも普通の学生に見える。

「あの子が、どうかしたの？」

僕はもう一度、彼女を振り返る。

だけど彼女の顔は強張っていて、繋いでいる手は先ほどよりも、もっと強く握られていた。

「追いかけて」

顔を強張らせていた彼女が、ようやく声を発した。震えていた。

「え？」

「あの子、追いかけて！」

追いかけてと言ったわりに、彼女は僕から手を離し、一人で走り始めた。そして僕はそんな彼女を追いかけた。

目の前の彼女は、転びそうになりながらも懸命に川沿いを走っている。

何が何だか分からなかった。

あの少年に何かあるのだろうか。

後ろ姿を見ただけでは何も気付かなかった。それとも香澄は、あの少年と知り合いなのだろうか。だから追いかけてと言ったのだろうか。

でもそれにしては、彼女は緊迫した顔をしていた。知り合いだからとか、そんな風には見えなかった。

「あ！」

彼女は、道路の段差に足をとられ派手に転倒した。周りの通行人が、どうした？　と振り返る。

「香澄！」

僕は彼女に手を貸そうと差し伸べる。

「お願い亮介君、あの子追いかけて、助けて！」

彼女は、泣きそうな顔になりながら必死に訴えた。

本当に何が何だか分からない。

助けるって、何から助けるんだ？

でも彼女がこんなにも狼狽《ろうばい》しているのだ。あの少年に何かがあるに違いない。

僕は、「分かった」と頷くと、その場に彼女を置いて走った。

学生時代、ピアノばかりしていて走り込みなんかしたことはない。体育系の部活をしてこなかった典型的な文系で、体育祭もマラソン大会も、ビリから数えた方が早かった。

それに先ほどの運動が仇《あだ》となり、足がもつれまくっている。

歩行者をすり抜け、堤防の上に立つ。少年が橋に向かっていくのを見つけた。

姿を見ても、やっぱり分からない。彼に何があるのか。助けて、とはどういう意味なのか。

歩く姿は一般的な学生だ。歩幅だって急いでいるようにも見えない。むしろゆっくりと地面を踏みしめるように歩いている。遠目で見ても、髪も乱れた様子もなく、おかしなところは何もない。

だけど、堤防を走り、クローバー橋へ足を踏み入れた時だった。

少年が橋の欄干に手を掛け、足を乗せようとしているのを見つけたのだ。

まさか……嘘だろ。

乗り越えようとしている？

近くにいる歩行者たちは、自分たちの話に夢中なのか少年に気付かない。

待て、待つんだ。

僕は、足に力を入れ、どこにそんな力が残っていたのか、今までにないぐらいの速さで走り始める。

そして少年の足が欄干を越えようとした時、僕は彼の肩を必死に摑み、そのまま歩道に倒した。

歩行者たちが、ようやく僕や少年に気付き、悲鳴をあげる。

息を切らした僕も、その場に倒れ、少年は大声をあげて、叫ぶように泣いていた。

「まじか」

会社帰り、いつものように城内と近場の居酒屋へとやってきた。同棲を始めても、週一のペースで、僕は城内と飲みに行っていた。それに今日は日曜日の出来事を聞いてもらいたかったのだ。

店内は疲れ切ったサラリーマンで溢れていて、そこら中で愚痴合戦が行われている。

「だけどさ、その少年に、よく気付いたな」

あの後、少年は未成年だったことから警察に引き渡された。

僕も彼女も現場を見ていた目撃者として警察署へ赴いたのだけど、僕の要領を得ない話を聞き警察官たちは首を傾げていた。

当たり前だ。何を思って彼を追いかけたのか説明が出来なかったからだ。

だけどそんな僕の代わりに、香澄が説明した。

少年を反対岸から見かけた時に、顔の表情が優れなかった。

川にボートが走っていて、その場にいた殆どの歩行者が見ていたにも関わらず、少年だけは目もくれず、思いつめた顔で歩き続けていた。

それが気がかりで、彼に追いかけてもらった。

警察官は、彼女の観察力にしきりに感心し感謝した。

だけど僕は、どこか釈然としないものを感じていた。確かに彼女が言うように、歩行者との反応の差が気になったのかもしれないけれど、僕が振り返った時、僕たちのいる場所からは少年の後ろ姿しか見えなかったのだ。

だから僕は、男の子の正面の顔を見ておらず、あの子がボートを見ていなかったとは、断言できなかった。

それとも、僕が見る前に、彼女は彼の正面からの表情を見たのだろうか。

確かに、僕が少年に気付く前から彼女はあの子を見ていた。だけど、それも数秒の差だった。

香澄は警察から解放されると、

「スーパー行けなくなっちゃったね。もう外食にしちゃおうか？」と疲れた表情をしていた。

「そうだね、それがいいかも」

僕は、釈然としない気持ちを悟られないように顔を伏せ答えた。

その後、マンション近くのカレー屋さんに入り、遅めの夕飯をとった。

食事中も、家に戻っても、彼女は何もなかったかのように過ごし、ある程度疲れた表情はしていても普段と変わらない笑顔だった。


「どうかしたのか？」

城内が、顔を覗き込んでニタニタとしている。

「幸せすぎてボーッとしてんじゃねぇのか？」

「いや、まぁ、うん」

不思議なのは今回だけじゃない。初めてのデート。蔵前でも僕たちは事件に巻き込まれた。七階から植木鉢が落ちてきて、寸前のところで僕はそれを避《よ》けた。彼女が危ないと、僕を引っ張ってくれたから助かった。

僕はそれを自分の運があるからだと信じて疑わなかった。彼女にもそう話した。でもよくよく考えると、あの時彼女は、鉢植えが落ちてくる前から見上げていたのだ。僕は彼女を見ていたから覚えている。

彼女は全てが起こる前からマンションを見上げていた。

「おい、本気でどうした？　顔色悪いぞ、大丈夫か？」

さっきまでニタニタと冷やかしたそうな顔をしていた城内が、今度は心配そうに真顔で見てくる。

僕は、余程酷い顔をしていたのだろう。

「うん。大丈夫」

「本当か?」

「うん」

本当に大丈夫なのだろうか。

僕は目の前のビールを一気に飲む。だけど飲んでも飲んでも体の水分が奪われ、カラカラとどこからか音が聴こえるような気がした。

7

「ホッキョクグマの毛って本当は白色じゃなくて透明らしいよ」

「そうなの?」

「うん。毛がストローみたいに空洞なんだけど、光の反射で白に見えてるんだって」

休日の上野《うえの》動物公園は親子連れやカップルたちで溢れかえっていた。人が多いせいで、色んなところから心の音が聴こえてくるけれど、それは楽しそうな音ばかりで嫌悪感はない。時々歩き疲れている音もあるけれど、それはそれで楽しさの一環みたいで、耳をつんざくような音ではなかった。

それでもパンダのブースは人で混雑していたので、そこまで人の多くないホッキョクグマのところにやってきたのだけど、人の少ないところにやってくると、嫌でも彼の心の音が聴こえてきた。

タッカッタックッタ

シャラタッタッカックッタ

今まで聴いたことのない懐疑的な音で、今にも駆け出してしまいそうな、どこかに逃げ出してしまいたい、そんな音だった。

「へぇ、光の加減でそんな風に見えるんだね」

表面では平静な顔をしている彼の心の音は、歩いていても響き続けている。

シャラランラン

タッカッタックッタ

シャラタッタッカックッタ

私を愛おしいと思う音と、何かがおかしいと疑う音。そして、それら全てから逃げ出したいという音。

彼の音が乱れ出したのは、橋から飛び降りようとした中学生を助けてからだ。でも彼は、おかしいと思っているのに私を問い詰めなかった。

こうなるのは分かっていたはずだ。分かっていてあの少年を助けた。どうすることも出来なかった。あんなにも寂しそうで、自分を追い詰める音を響かせる少年を見捨てられなかった。だから私は追いかけた。

「次、行く？」

「うん」

続いて私たちは、ホッキョクグマの近くにあるアザラシのブースを目指し歩き出した。

「そういえば、コンサートのお手伝いするって決めた？」

「うん……することにしたよ。坂元《さかもと》先生にもそう返事した」

タッカッタックッタ
シャラタッタッカックッタ
シャラタッタッカックッタ

に続いて、

ガタガタガタ
ガタガタガタ

と何かが崩れていく音が響く。

彼にとって触れて欲しくない部分だからだろう。

ガタガタガタ
ガタガタガタ

「そっか、じゃあ来週のデートは無しかな？」

「うん、ごめんね」

「ううん、私は自宅でゆっくりしてるから」

「ありがとう」

「とにかく、今日は楽しまないとね！」

私はわざと明るい声を出し、そして手を繋ごうと由良君の手に触れる。でも彼は、ビクッと怯えた顔をすると、私の手を振り払った。

ハッとした彼は、顔を強張らせ、

「ご、ごめん。ちょっと驚いて……あっちに行こうか」

私の顔を見ずに、由良君はどんどん歩き進める。

「向こうにフラミンゴいるらしいよ」

私は、平静を装って後をついていく。

そして、そんな彼から流れる心の音は、

タッカッタックッタ
シャラタッタッカックッタ

やはり逃げ出したいというような懐疑的な音が鳴っていた。


「いつまでこっちにいるつもりなんだ、沖縄に戻らないのか？」

由良君がコンサートの手伝いに行っているので、私は一人で久米診療所に来ていた。

週末の休日に彼と別行動なのは初めてで、どこか手持ちぶさただったし、同棲生活を始めても、久米診療所には週一で通うことを約束していたからだ。

そして先生は同棲を認めてくれたはずなのに、沖縄に戻れと言う。でも、それもこれも私を心配していることなのは、心の音を聴けば分かった。

「……うん。もう少しだけ」

「もう少しもう少しって、今だって相当無理してるだろ？」

先生の言う通り、最近立ち眩《たくら》みが酷い。沢山の心の音が頭を埋め尽くし、何をしても音が鳴り響いていて耳鳴りがやまない。電車なんかは特に酷く、立っていられないほどだった。

「何かあったんだろ」

ん？　と顔を上げると、久米先生が覗き込むように私を見ていた。

銀縁メガネの奥にあるスッとした瞳が心配そうにしている。私は心の音を聴けば何を考えているか分かるけど、久米先生は、人の顔を見て気付く。医者の全てがそういう人ばかりではないけれど、特に先生は敏感に気付いて、それが患者さんから人気でもあった。

「そんな顔してるぞ」

「本当？」

自分の頬をごしごしと擦ると、思わずため息をついた。

「どうした」

「ううん。いいの、何でもないの」

由良君が私を疑う音を出している。なんて言えば、絶対に沖縄に戻れと言うに決まっている。わがままを言うな、そう言って連れ戻すに違いない。それに、もしかしたら由良君に音のことを直接言ってしまうかもしれない。先生だったらやりかねない。

だから結局は何も話せず、いつもの診療を終えると都内のマンションへ戻るために駅へ向かった。


帰りの電車だった。案の定、立ち眩みがし、途中下車すると、女性が声を掛けてくれた。

「大丈夫ですか？」

息が切れ切れになり、頭を膝に落とす。

「大丈夫です、ありがとうございます」

女性は、自動販売機から水を買ってきてくれ、「これっ」とホームのベンチに座る私に手渡してくれた。

「すみません」

冷たい水をゆっくりと飲み、呼吸を整える。気持ちを落ち着かせると、ようやく女性の顔が見られた。

私よりも五歳は年上だろうか。身長が高く、黒い髪の毛を一つに縛っている。柔和な笑顔は人を安心させる空気を持っているし、心の音もクリアな音を出している。

だけど……おかしい。心の音が祖母や母にどこか似ていた。

「あの……」

その女性も、何かが変だ、と思ったのか、言いにくそうにしている。

「おかしなこと聞きますけど……もしかして、音が聴こえたりしませんか？」

私はハッとして女性を凝視する。

「やっぱり、なんだかそんな音がしたから」女性は私の隣に座った。

今まで色んな場所へ行き、色んな人と会ったけど、母や祖母以外で同じ能力を持つ人に会うのは初めてだった。

クリアな音以外に、彼女の音を説明するのは難しい。

祖母や母と似ているけど、どこか違う。でも、他の人とも似つかない。同じ能力を持っていると、こんな風に聴こえるのかと、なんだか興奮して声が出なかった。

ふと、彼女を見ると、お腹を大切そうにさすっている。よくよく見ると、お腹が出っ張っていた。

「あ、あの、もしかして……」

彼女は、ふっと笑顔になり、静かにうなずいた。

「男の子、もうすぐなんです」

母親の顔になった彼女は再びお腹をさする。ゆっくりと、慈しむ柔和な笑顔。

「あ、あの……」

彼女の心の音が微かに揺れた。私が何を話したいのか、気付いているような音だった。

私に彼女の気持ちが分かるように、彼女も私の気持ちが分かっているのだろう。

「私は、どちらかというと症状が軽いの。そこまで音が大きく聴こえる訳じゃなくて、だから産むのを決めたの」

確かに、私よりも母の方が音がハッキリと聴こえ、脳に直接響いているようだった。そして母よりも祖母の方がよりハッキリと。

この能力が何なのか、未だに解明は出来ていないけど、もしかしたら、子供、孫、と継承していくうちに、その能力は薄れていくのかもしれない。

「私ね、大勢いるところも割と平気なのよ」

「そうなんですか？　あの……旦那さんには」

「うん……夫には話してないの」

彼女は柔和な顔を少し曇らせた。心の音も微かに濁りを見せる。

大切な人に秘密を持つことほど苦しいものはない。真実を全て知ることがいいとは思わないけれど、重大な秘密事を隠すのは苦行でしかない。それは大切な人であればあるほどだ。

「平気なんですか？」

「でも……言っても、よい結果にはならないって分かってるから。だから私は夫には言わずに秘密にしてるの」

「そうですか……」

「あなたは、どのくらいの症状なの？」

「私はダメです。やっぱり人の多いところはまだ頭痛がするし、熱も出たりして」

「そうなの……結婚は？」

「いえ、まだ。でも……彼氏がいて」

「もしかして、話したの？」

私は、一度だけ首を横に振った。

「そう」

「あの、もしもの話なんですが、旦那さんが疑ってる素振りを見せたら、どうしますか？　やっぱり話しませんか？」

彼女は少し考える顔をした。

「うん、それでも話さないかな。実はね、うちの実家がそうだったのよ。母が父に話してしまって、ただ離婚はしなかったけど、喧嘩するたびに、薄気味悪い、気持ち悪い、人間じゃないって言われて、母はそんな父に何も言えずにいたの。でもね、父も始めは、俺を信じてくれ、何を聞いても受け止めるから大丈夫って言っていたのよ。だから母は父に話したんだけど……やっぱりダメよね。だから、私は初めから話さずにいようって決めたの。何かを疑われても絶対にって」

「そうですか……」

やっぱり無理だ。彼に本当のことを話すなんて。もし、父のように拒否されたら、私は立ち直れない。でも……今の状態もよくないのは分かってる。疑われたまま、その日をやり過ごしていくなんて。

ホームに次の電車の案内放送が響き、女性がベンチから立ち上がった。

「あの、お名前と連絡先を、私、同じ能力持ってる人に会うの初めてで、私の名前は……」

鞄からスマホを取り出したけど、彼女は首を振った。

「知らない方がいいと思う。お互いの色んな話を聞いて、羨ましいとか妬ましいとか、そういう気持ちになった時、私たちはお互いに気付いてしまうから、だから私には会わなかったと思った方がいいわ。それに……私は少しでも普通の人に溶け込んで生きていたいの、同じ能力の人とは離れて暮らしたいの」

ホームに電車が入ってきて、彼女は私に頭を下げると乗り込む。私は、ベンチに座りながらそれを見送るしかなかった。

ポポポポ

ポポポポ

カラコロカララ

彼女から、ごめんなさい、本当にごめんなさい、そんな感情の音が鳴っていた。

♪

彼女の瞳は相変わらず茶色くて、何もかもを見透かすような目をしている。僕は、そんな彼女を見ていられず、何度も目を逸らした。

あの少年の件から、特に変わったことは起きていない。二人の中で、話題に上らないというのもあるし、僕が避けていたからかもしれない。

もちろん今だって僕は彼女が好きだ。愛おしくてたまらないという気持ちに変わりはない。

ただ僕の胸の奥にある、なぜ？　という疑問が彼女を直視させなかった。

もちろん、彼女に聞けばそれで済むのかもしれない。

あの少年の顔、見えていなかったよね。

あの鉢植えの時、まだ何も起きていなかったよね。

それなのに、どうして気付いたの？　何で事前に分かったの？

彼女に疑問をぶつけたら、何て答えるのだろう。

思い過ごしだよ、何それ？　勘違いじゃない？　そんな風に答えるだろうか。

そうなのだ、あれらは全部、やはり僕の勘違いかもしれない。だって、どうしたらそんなことが分かる？　それじゃまるで、彼女が人の心が読めるみたいじゃないか。

あのベランダの女性や、あの少年の心を彼女は読んで、全てを免れた。

まさか、そんなことが……いやでも……。

僕は何度も何度も同じ疑問を繰り返し、結局は彼女に聞けずにいた。


「休みの日に、すみませんでしたね」

コンサート会場に顔を出すと、坂元先生が僕を見つけて、眉を下げながら声を掛けてきた。白髪の頭に丸眼鏡をかけ、詰襟のシャツを着ている。いかにも音楽をやっていそうな風貌の先生は、小学生の頃からお世話になっている指導者だった。

今日は先生の受け持つ生徒たちのコンサートがあり、人手が足りなくなったため、駆り出された。もちろん先生は、僕がピアノを辞めたのも知っている。

区役所に隣接するコンサートホールには幼い頃から何度も来たことがある。二千人は収容できる大きなホールで、音が綺麗に反響するからか、多くのイベントが開催される有名な場所だ。

「受付係でよかったんですよね」

「そうです。すみませんね、人手が足りなくて」

先生はしきりに謝っていたけれど、僕には恩師の本音が分かっていた。

僕に色々と思い出させたいのだ。そしてまたもう一度、あの舞台に立って欲しい。そう願っているのだろう。

「僕、受付に顔出してきます」

先生に形式張った挨拶をすると、僕は逃げるように会場の入り口に向かった。

やはりやめといた方がよかったのかもしれない。

こんなにもピアノを遠ざけているのに、先生の頼みを承諾した理由は一つしかない。香澄のことだ。

いやでも、いやでも……そうやって何度も行ったり来たりしているうちに、彼女のそばにいられなくなって僕は逃げ出した。

コンサートは、午前九時に開場し、十時開演。四十五名の生徒が演奏を披露し、それは昼休みを挟んで午後四時まで行われる。

僕は午前十時まで受付係として入り口に立ち、役目を終えるとホールの一番後ろの関係者席に座った。この後、昼休みまで僕の役目はなく時間が余っていた。

僕自身、学生の頃にこのコンサートに何度も参加した。ただ、社会人になってからは一度もなかった。

大学四年になる前、僕は坂元先生に会社員になると伝えた。

「お母さんは納得してるのかな?」

「母は関係ありませんから」

多分、僕と母さんが上手くいっていないのを先生も感じ取ったのだろう。その後、何も追及してこなかった。

プロのピアニストとしてやっていくには技術はもちろんだけど、メンタルも強くないといけない。感情が音を作るといっても過言ではないからだ。

だから、僕が母さんとの関係を上手に構築出来ていないと知り、先生はショックなようだった。

先生には小学生の頃から色んなことを教わった。母と先生では教え方も褒め方も何もかもが違った。

小学生の頃、僕はピアノを弾く意味を先生に問われた。

どのような答えが正解なのか不正解なのか分からない僕は、母が喜んでくれるから弾いていると答えた。小学生の僕にはそれが本心だった。

すると先生は、

「そうですか」と笑顔になり、僕の頭を撫《な》でた。

「人は、自分のためではなく、他人のための方が頑張れますからね」

今の答えは正解だったんだ。

僕はそれが嬉しくて一層練習に励んだのだけど、中学生になり、高校生になっても積み上げられていく音が統一されておらず、グラグラと揺れているのに先生は気付いていたはずだ。

コンサートは小学生の部から始まった。幼いからといって侮れない。先生の生徒になるのは狭き門で、それなりの腕がないと生徒にすらなれなかったからだ。

ハナを務める子は大人顔負けの演奏をする。それに擦《す》れておらず変なテクニックを仕掛けてこないから素直に聴けた。

「由良君、音に色をつけてごらん」

先生に初めて教えてもらったのは演奏の技術でも楽譜の読み方でもない、音に色をつけることだった。

「音に色をつけるんですか？」

小学生の僕は意味が分からずに聞き返した。

「そうです。その曲に合った色を、自分なりに想像しながらつけて演奏するんです」

「それって透明ではダメなんですか？」

「ダメという訳ではないですが、演奏家が色をつけた曲は聴き手にも深く届く場合が多いんです。ただし、音をいくら奏でても色がつかない日があります。そんな時は、我々弾き手の調子が悪いことが多いです。音に白でもいいから何かの色がついて、ようやく素晴らしい音を届けられるのです」

弾き手がつけた色は、聴き手が想像したものではないかもしれないけれど、色があるだけで、曲は、いかようにも美しさを表現してくれる。

それが先生の持論だった。

今、目の前で流れる曲の色は、黄色だろうか。明るく弾むような音が聴こえてくる。しかもその中には情熱も感じる。黄色の中でも、赤に近い黄色なのかもしれない。弾いている本人も楽しいのだろう。それが音色で分かる。

小学生の部、中学生の部が終わったところで、一時間の休憩になった。

僕は慌てて受付に戻る。休憩の間に外出する人がいるので、再入場のチケットの確認のためだ。

ロビーがガヤガヤと賑わっている。生徒たちの親だろう。未来を見据えた期待が入り混じった顔をしている。

ふと、母さんの顔がよぎる。かつては僕もあんな風に期待されていた。でもいつからか、母さんのその期待が失望へと変わっていたのに気付いていた。

全てを辞めて就職すると言った時の母さんの顔は心の底から落胆した顔をしていた。母さんに会えないのは、そんな母さんの顔を見てしまえば、自分はダメな奴だと自覚せざるを得なくなるからだ。

大学までピアノ一本でやってきた。全てを犠牲にしてやってきたはずなのにすっぱりと諦め、今はサラリーマンをしていて、音楽とはまるで関係のない冷凍食品会社で働いている。小学生の頃は神童と呼ばれていた僕も、結果を出せない大人になればただの人で、母さんが失望するのも当たり前なのだろう。

あの日、雪の降った日、母さんのようになると誓った幼い頃の夢は、もう今は叶《かな》うことはない。

「はぁ、ダメだ」

思わず声が出てしまい、同じように受付係をしていた女性に、え？　と首を傾げられた。

僕は、いえ、何でもないですという意味で頭を下げると、持ち場に戻る。

やっぱり来なければよかった。来ない方がよかったのだ。

コンサートが再開されると、前半と同じようにホールの後ろの席で演奏を聴く。

高校生に続き、大学生のトリが袖に下がると、ピアノを取り囲むように椅子が置かれ、その周りにトランペットやドラムが運び込まれる。

何をするつもりだろう。

自分の卑屈さを見るのが嫌でプログラムを確認していなかったので、今までにない楽器の配置に何が起きるのかと見守る。

もしかして、ジャズ？

今までの学生たちの演奏曲がクラシックなのに対し、社会人たちの弾く曲目は、ジャズのようだった。

これは、坂元先生が見に来ているお客さんたちに音楽を楽しんでもらいたくて始めたに違いない。しかも今までのように一人で弾くのではなく、ピアノ以外の演奏家もいる。

見覚えのある顔がちらほら見える。同じゼミだった先輩や後輩がいる。本来なら僕もあそこの一員のはずだが、先生は誘って来なかった。

一曲目は『シング・シング・シング』だった。

ドラムやサックス、そしてクラリネットで音を奏でる。

この曲は、本来はもっと人がいる方が、音が重なって面白くなるのだけど、お構いなしに演奏家たちは笑いながら弾いていた。

ドラムのリズミカルな音が空気に乗って届く。耳元で、どうだカッコイイだろ？ そう言われているように。確かにカッコイイ。はじけ飛ぶ全ての音がお洒落で陽気だ。体の隅々の細胞が音に乗っている。

二曲目は『メキシカン・フライヤー』。

甲子園でよく使われるからか身近に感じる曲だ。攻めの応援時によく聴き、鋭くはっきりとした音が舞う。追い追われる徒競走のような音の掛け合い。

聴き覚えのある曲が流れると、会場は今までにないぐらいに沸く。やはり先生の選択は正しかったようだ。最後の最後は皆に喜んで帰って欲しかったのだろう。

二曲目が終わり、三曲目になった時、男性がアップライトピアノの椅子に座り、もう一人の男性がハーモニカ、女性がスタンドマイクの前に立った。

今度は何の曲にするのだろう。

だけど、鍵盤とハーモニカの音を聴いた時に、その曲が何か分かった。

三曲目は、ビリー・ジョエルの『ピアノマン』だった。

マイクの前に立った女性が英語の歌詞で歌いはじめる。

先ほどのように軽やかな音が鳴り響く。だけど、その中に寂しさが混ざっていた。この曲の意味を、壇上にいる三人はよく分かっているみたいだ。

大人になって、夢を諦めていく人生そのものを、この曲は表している。

その虚しさや悲しみを分かっているからか、どこか鬱々とした寂しさが軽やかな音に混ざっていた。


ロビーは、演奏を終えた生徒やそれらを見守る保護者で賑わっている。ひと際、人に囲まれているところがあり、その中心には坂元先生がいた。

保護者らは先生に感謝しつつ、今後もよろしくお願いしますと頭を下げている。

坂元先生は、もちろんです、と笑顔で返答したが、僕に気付くと、ちょっと失礼します、と人をかき分けてやってきた。

「いかがでした?」

僕は、はい、と少し考える仕草をすると、

「皆さん、準備が整っているようで、音が安定して聴きやすかったです」

そう答えた。

準備が整っているというのは、このコンサート自体、国内外のコンクールを受けるための前哨戦《ぜんしょうせん》みたいなものだからだ。人が集まるコンサートで腕ならしをすることで、コンクールで変な緊張を無くせるという意味だ。

そして、学生以外の社会人にとっては最後のコンサートを意味している。大学を卒業した後にコンクールに入選した者は殆どいない。だから、このコンサートの社会人枠に入るということは、最後を通告された意味を持つ。それは夢を自らの手で諦められない生徒への先生の優しさでもあった。

頑張ったことが全て報われる訳ではない。

僕たちは嫌というほどそれを知っている。

「由良君は、私が音の色の話をしたのを覚えていますか？」

僕は我に返り、質問の意図を確かめるように先生を見た。

「はい。初めて先生のお宅にお邪魔した時に話してくださいました」

「今日の皆の演奏に、色はついていたと思いますか？」

「そうですね。僕にはオレンジや黄色系の色に見えました」

「なるほど、柑橘系の色ですか」

「はい」

そういえば小さな頃、先生に授業を習っている時にも聞かれた。

由良君、あなたとあの子の演奏は何色でしたか？

それに正解も不正解もないのだけど、先生は僕自身だけではなく、他人の音色もよく聞いてきた。

他人と比べる僕に気付き、先生は、そう言ったのかもしれない。色は弾き手によって違う、そう説明するつもりで。

「先生」

「どうしました？」

「今、僕が音を奏でても、何の色もつかないんじゃないかなって思います」

僕は先生に聞かれる前にそう告げた。

「そうですか」

「はい」僕は唇を噛みしめ返事をする。

先生は、ロビーで話している自分の生徒たちを優しい温かみのある目で見ている。

諦めて欲しかった。僕はもう自分のためにも他人のためにも頑張れない人間だから、こういった場所を見せても無理なんだと、いい加減気付いて欲しかった。あの社会人枠に入れて欲しかった。

「中学生の時も同じことを言ってましたね」

先生は僕を振り返る。どこか懐かしむ顔をしていた。

「覚えていませんか？　音に色がつかない、無色透明だからもうピアノを辞めたい、あの時のあなたも、そう言ってました」

「そう……ですか」

「ええ。でも、あなたは復活した。そうでしたね？」

「………」

「その時のことを思い出してみてはいかがですか？」

僕を見る先生の目は他の生徒と同じように優しく、そして何もかもを包み込むような温かみのある目をしていた。


♪


その日、僕は初めて学校をサボった。朝から母さんに小言をいわれ、学校に行く気になれなかった。

「もっと練習をしないと」「どうして言われた通り出来ないの」「今まで教えてきたのは

なんだったの」「早く賞を獲らないと」

褒めることを知らない母さんの言葉ひとつひとつに僕はうんざりしていて、とうとうその日爆発した。

学校をサボり、駅前のファーストフード店でボーッとしていると、香澄から連絡があった。どうやら僕が学校を休んでいるのに、二時限目の休み時間に気付いたようだ。

「そういう時は言ってくれないと。喜んで付き合うのに」

合流すると言ってきかない香澄と待ち合わせをすると、むっつりとした顔で訴えてきた。

だけど僕は、香澄が連絡してきてくれたのが嬉しくて、頰を緩ませていた。

「なんで笑ってるの？」

「いえ何でもないです。すみませんでした」

僕たちは、電車に乗って学校からも自宅からも離れた美術館を目指していた。僕たちを知らない、どこでもない街に行きたかったのだ。

その美術館は、神奈川県の端っこに位置していて、僕たちの住む街からも随分と離れている。県立美術館だからか入場料も安いし、平日だからか人も少なかった。

僕たちは制服姿だったけど、美術館だったら学校の課題で来てると言い訳も出来る。

「まぁ、お母さんも、色々考えがあってのことだと思うよ」

「そうかな？　僕は、ただただ自分が出来なかったことを押し付けてるようにしか思えないよ」

僕らは、美術館の二階と三階の企画展をじっくりとゆっくりと見て回る。こんなにも一枚の絵を見たことはないんじゃないかって具合に粘りに粘って見ていた。何もやることがない僕たちは、それぐらいしか暇つぶしが思い浮かばなかったからだ。

ピアノ以外、やることが思いつかない。

こういう時、嫌でも自分にはピアノしかないのだと思い知らされる。

家族のこととか、ピアノのこととか何も考えたくなかった。

だから一枚一枚、じっくりゆっくりと絵を見て想像力を働かせ、僕たちは、この時の画家の気持ちは、あぁでこうでと意見し合った。

そして香澄は、そんな僕に最後まで付き合ってくれた。

僕と彼女は、世間でいう友達以上恋人未満の関係だと思う。告白もしてないし、されてもいない。僕自身、なんだか不思議な関係だなとも思っていた。

だけど、ただ一つ言えるのは、彼女はクラスではあまり話さないということだ。それは性格が悪いからというものではなくて、気を遣ってるというのが正しいのかもしれない。

クラスメイトとはいつも笑顔で接して、僕と二人きりの時のような話は決してしない。

だから彼女にとって僕は特別なのだろうと勝手な憶測をしていた。

その後、僕たちは売店でサンドイッチを買うと、敷地内の公園のベンチで日向《ひなた》ぼっこをしながら食べた。

「音に色がついてるの？」

「うん。正確には僕たち演奏家が勝手につけるんだけどね。先生がそうした方が、イメージがついて、いい音を出せるんじゃないかっていうんだ」

「へぇ、音楽家って面白いこと考えるのね」

「先生は特別だよ。教え方も面白いし、他の先生とは違うんだ」

「そっか。今度から意識して聴いてみるね。由良君の出す音は何色で、海が出す音は何色でって。そう考えると楽しくなれそう」

「まぁ、そうだね」

僕はベンチから降り、芝生に寝転ぶ。

「どうしたの？」

「う〜ん」

「ん？」

「今の僕が出す音の色は、無色透明だと思うんだよね」

「無色透明？　そんなことあるの？」

彼女は不思議そうな声を出す。

「ピアノのこと何も考えられないんだ。むしろ嫌になり始めてる。そんな奴が弾いてる音なんか透明だろうし誰にも届かないよ。っていうか届く訳ないんだ」

実は、この間の練習の際にも先生に言われていた。音に色がありませんね。だから僕は先生に、無色透明で何も考えられない、そう伝えていた。

先生は、それならそれでいいんです、色をつけたいと思えるようになったらつけたらいいんです、そう言ってくれた。

僕は空を眺める。海が近いからか磯の香りがする。

空を眺めていた目をゆっくりと閉じる。

ザザァザザァと繰り返される海の音が聴こえてきた。

彼女の言う、海の出す音は何色だろう。やっぱり青なのだろうか。それとも緑、深緑、そうか、太陽が当たるから金色かもしれない。

ベンチに座っていた彼女が、僕の隣に座ったのが気配で分かった。

「音の色って、音を出す側だけじゃなくて、聴く側が感じたら、それでいいのよね？」

僕は目を開ける。やはり彼女は隣に座っていた。

「まぁ、うん。先生はそう言ってた」

「だったら私には聴こえるし見えるよ」

「ん?」

「私には、桜色の音が、由良君から流れてくるのが見えるし聴こえる。由良君は無色透明なんかじゃないよ」

彼女はそう言うと、僕を真似《まね》るように空を見上げた。

♬

僕は、結局どうしたいのだろう。

先生に諦めて欲しいと思ってる一方で、どこか諦められない自分もいて、それを認めたくない自分もいる。もう誰かに才能なんかないよ、そうハッキリ言ってもらった方が楽だ。

続けていれば開花する。そんなことを言う人がたまにいるけれど、その間、当の本人は生殺しのようなもので、それは本当に生きながらも死を意味している。

それならば、一層のこと諦めた方が楽で、やっぱり人間は楽な道を選びたくなるものなのだ。

清澄白河駅からマンションに向かって歩いている僕を、春終わりの生ぬるい空気が包んだ。

考えなくてはいけないことが沢山ありすぎて、十分で着くマンションの道のりを一時間かけて歩いた。

マンションの下に着くと、ロビーからエレベーターに乗り込み、五階のボタンを押す。

全ての動作がいつもよりも数秒遅い。全てにやる気が起きなかった。

やっぱり行かなければよかったと後悔している自分と、だからこそ諦めがつくじゃないか、そう思う自分もいる。現実の厳しさをまざまざと見せつけられ、後悔も無くなるだろうと思う自分もいる。

エレベーターの到着音が鳴り、五階で降りる。その瞬間、なんだかやけにいい匂いがした。嗅いだことのある匂いなのだけど、それがハッキリと何の匂いかは分からない。ただただ美味しそうな匂いで家庭的な香りだった。どの部屋だろうか。先ほどまで食欲がなかったにも関わらず匂いを辿っていく。と、それは僕たちの部屋からしているようだった。

「ただいま」

鍵を開け、靴を脱ぐと、

「お帰りなさい」

美味しそうな匂いを充満させた部屋から、エプロンを着けた彼女が迎えてくれた。

「ご飯、食べるよね？」

曇りのない笑顔を向けられ、僕は「うん」と返事をした。

「ちょっと待っててね」そう言って彼女は再びキッチンへと戻っていく。

僕は洗面所で手を洗うと、リビングへ行き、ランチョンマットをテーブルに敷き、箸やコップを準備した。

香澄が料理を作り、僕はテーブルセッティングをするという決まりがいつの間にか出来上がっていた。料理がまるで出来ない僕からしたら感謝しかない。

「どうだったコンサート？」

彼女はキッチンで作業しながら聞いてくる。

動物園で手を振り払った件は、彼女の中では既に消化済みなのかもしれない。僕が気にしすぎているのかもしれないけれど、あの後も彼女は何ともないような顔をしていた。

「うん、よかったよ。坂元先生も変わりなかったし」

「坂元先生って、あの色の先生だよね」

「覚えてたんだ」

「音楽家の人って面白いこと考えるなって思ってたから」

「そっか」

「うん。それに……」

「ん？　どうしたの？」

「うん。相変わらず亮介君からは、桜色の音が流れてるから」

キッチンの奥にいるからか、彼女の顔は見えない。

「桜色の音？　ピアノ弾いてないのに？」

僕の卑屈さに拍車がかかる。でも、彼女はそんなものをふわっと軽く乗り越えてくる。

「うん」

彼女のいう桜色の音というのは、僕らが初めて会った音楽室を言っているのだろう。転校生の彼女を見かけた、あの日のこと。

学校の前の桜並木。カーテンが揺れるたびに音楽室に入ってくる桜の花びら。僕たちはそんな音楽室で初めて出会った。だから、僕がピアノを弾かなくても、そんな色の音が見えるのかもしれない。

中学生の頃、由良君は素敵な音を出すのね、と彼女は言っていた。

音を出すという表現が不思議で、でもそれがどこか心地よくて嬉しかった。再会してから、彼女は子供だったからって否定してたけど、やっぱり不思議でどこか心地よい。

彼女はキッチンから皿を持って出てくる。

「あ、これ……」

「約束のね」

今日の夕飯はオムハンバーグだった。この匂いが外に漏れていたようだ。皿にはその名の通り、オムライスの横にハンバーグが載っている。僕はこれが大好きで、以前、彼女と横浜に行った際に洋食屋さんで頼んだのだけど、その時の僕のあまりの喜びように、彼女が自宅で再現してくれると約束してくれたのだ。

「さぁ、座って座って」

香澄は、自分の分の皿をキッチンから持ってくると椅子に座る。僕もその向かいに座った。

「いただきます」

一口食べただけで、肉汁が口の中を満足させる。

香澄は、料理が得意と豪語していた通り、本当に上手だった。目の前にあるオムハンバーグだって僕が求めていたそのものだ。

「すごく美味しい」

「本当？」

「うん」

突然、自分でも思い掛けない涙が頬を伝いシャツの袖で拭う。白いシャツにうっすらと汚れがついた。

「どうしたの？　そんなに美味しかった？」

彼女は心配そうに僕を覗き込んだ。彼女の薄茶色の瞳が心配そうに潤んでいる。

「うん、美味しくて、涙が出てきたんだ」

僕はもう一度涙を拭う。香澄は子供をあやすように、

「亮介君、これも食べない？」とコロッケを差し出した。

「うん。食べる」

口に入れると、揚げたてなのかサクッと音がして、クリームの味が口いっぱいに広がった。

「これも美味しい」

「良かった」

香澄は安心したように微笑んだ。

頬を伝う涙が、いつの間にか止まっていた。今も昔も、一人では耐えられなかったものも彼女がいれば耐えられるみたいだ。

僕は彼女の瞳を見つめる。

揺らぐ目の奥にある真実に触れてみたい、そう思う一方で、やめておけと言う自分もいる。

ただ、彼女の周りで不思議なことが起きても、彼女が何かを隠していたとしても、僕には彼女が必要で、それだけは真実だと言えた。

8

中学生の頃。心の音が常に聴こえることが寿命を縮めている、心の音の少ないところに行くべきだと久米先生のお父さんに言われ、母と私は、久米家の親戚がいる沖縄の離島にやってきた。


「ほら香澄、こっちもうめぇぞ」

「ありがとう、玉《たま》ばぁ」

玉ばぁは久米先生の親戚で、私たちの住む家を貸してくれてる大家さんでもある。

背は小さく色黒で、何でも見透かすような二重の目を持っている玉ばぁの心の音は、チャポンと水滴が落ちるような静まり返った音だ。

それはいつどんな時も、台風が来ようが海が荒れようが、私がこの島に来た頃から変わりない。

ある日、私は、

「あの人、綺麗な音してる」と観光客を見つけ、つい声に出してしまった。

あぁダメだ。音のことは口に出しちゃいけなかったんだ。

父のように気持ち悪がられるだろうか、もしかしたらこの島を出て行かなくてはいけなくなるのか、と自分の身を案じた。

だけど、そばにいた玉ばぁは、

「へぇ、それって、どんな音さ？」とあっけらかんと聞いてきた。

「ポンポンって、テニスボールが弾むような音」

中学生の私が音について説明すると、玉ばぁは、

「へぇ、面白いもんだ」

ガハハと笑い、私の訳の分からない能力を面白がってくれた。

そして、そんな玉ばぁの心の音は、相変わらずチャポンと水滴が落ちるような静かさで、寸分たりとも乱れていなかった。

心の音の話をした時、こんなにも音を乱さない人は珍しかった。父は私を気味悪がって遠ざけたし、久米先生でさえ音を乱したし、何度も確認したものだ。

でも玉ばぁは、いつも、

「なんくるないさぁ」と言い、そんな時もやはり心の音は乱れていなかった。

中学を卒業すると、隣の島の高校に通うことになった。住んでいる島には高校がなかったからだ。定期船は一週間に一度だけなので、毎朝六時半と午後四時に学生専用の通学船がやってきて、私たちはその船に乗って隣の島に向かった。

高校は近くの島の生徒が集まっているからか、それなりに人数がいた。だけど、どちらかというと島の生徒たちは、都会にいる生徒たちよりもおっとりした人が多く、そのためか、心の音も緩やかな音が流れていた。そしてなにより私を安心させたのは、不思議な能力がある人間を受け入れる度量があるところだった。たとえ、自分では計り知れないことが起きても、「キジムナーがでた」「なんくるないさぁ」と玉ばぁと同じことを言った。

緩やかな島の日々が過ぎていったある日。いつものように通学船で帰ってくると、港のベンチに玉ばぁが座っていて、私を待っていた。

「どうしたの？」

私は玉ばぁの元へと急ぐ。

こうやって私を迎えに来ることは今まで一度もなかったからだ。それに今週の定期便は午後一番に来たはずだし、通学船に用事はないはずだ。

何かあったのだろう。もしかして私の能力が島民にバレてしまったのかと心配した。

「かすみぃ、こっちぃいか」

玉ばぁは、よたよたしながら歩き始め、私はその後をついていく。

歩いて五分ほど行くと、私たちが住む集落とは別の、漁師が多く住む集落が見えてきた。

「あれ？　何か賑わってるね」

漁師たちは既に陸に戻ってきているようで、集落は三線《さんしん》の音で賑わっている。だけど、いつもの三線よりも音が弾《はじ》けていた。心の音が三線の音と混ざりあっていて、そう聴こえるのだろう。

玉ばぁは、集落の中でもひと際賑わっている民家へと入っていく。だけど、賑わっている輪の中には入らず、庭で集まっている人を遠目にジッと見ているだけだった。

それでも玉ばぁから流れてくる心の音は、チャポンと水滴が落ちるような静かさだった。

「どうしたの？」

私は、輪に入らず様子を窺う玉ばぁに声を掛ける。

「内地から来た観光客だとよ」

「そうなの？」

庭に面している畳の部屋で島民たちの三線と共に踊っている観光客を見る。かりゆしと半パン姿で島民が奏でる音に合わせて踊っている。そばには島民たちもいて、民族衣装を着て踊っていた。

でも、どこかおかしかった。

観光客という割に、変な心の音が混ざっていたからだ。

今までも島には観光客が沢山出入りしていた。でも、そういう人たちの心の音は、大概弾む音をさせていて陽気さに溢れていた。南の島に観光に来ているのだから、そうなるのが普通だろう。

でも、目の前にいる観光客たちはどこか違う。

男女いて総勢八人。男女という組み合わせはカップルにも見えるはずなのに、雰囲気がそうは見えない。違和感がある。それに、

キユキユキユキユ
キユキユキユキユ
キユキユキユキユ

なんだか奇妙な興奮している音を発していた。


「いやぁ、久米さんと出会ってよかったわぁ」

三線の演奏が終わると、観光客の一人が漁港長の元にやってくる。

久米姓は、この島に沢山いて、漁港長は玉ばぁの遠い親戚でもあるので久米先生とも

遠い遠い親戚になる。

「何言ってるさぁ、もっと飲め飲め」

「いやいや、もうこれ以上は……それより、先ほどのお話、いかがですか？」

「あぁ、ホテルの件か？」

「そうです。こんなにも自然に溢れてるのに、島民だけで一人占めするのはズルいですよ。土地を売ってホテルを作って、もっと島をアピールすれば、島に観光客がやってきて島も潤いますよ。そうすれば島だって守られるんですから」

「島が守られるなぁ」

漁港長は満更でもない顔をしている。八人いる観光客たちが漁港長を囲んで、ホテルを作れば、どれほど島が潤うかの試算をしていた。

「あいつらどう思う」

「へ？」私は玉ばぁに顔を向ける。

だけど玉ばぁは私には顔を向けず、観光客から一ミリも目を離さずにいた。

どう、というのは、お前の能力ではどうなのだ、そう言っているのだろう。

玉ばぁは、今まで一度もそんなことを私に聞いたことはない。それに私自身、家族以外の誰かに、心の音のことをわざわざ話したことはない。

だからこそ、これは切羽詰まったことなのだろうと察した私は、先ほど感じたそのままを話した。

「普段見掛ける観光客とはちょっと違う音だよ。どこか興奮してる。あと音がくぐもってる」

「それって、どういう意味さ」

「うん……多分、何かを隠してるんだと思う」

「そうか」

玉ばぁはそれだけ言うと、くるりと踵《きびす》を返し、私たちの住む集落へと戻った。そして、自宅に戻ると、すぐに本島の親戚に連絡し、観光客に扮《ふん》している彼らを調べ上げた。

その時の玉ばぁの行動力は、ずっと一緒に暮らしている私でさえ驚くようなもので、やっぱり玉ばぁは妖怪の一種なのではないかと思わずにいられなかった。

「あんたら、ここにゴミ処理場を作る気なんやな」

翌朝だった。玉ばぁは、漁港長の自宅で観光客をつるし上げた。

土日で漁が休みの漁港長は、玉ばぁの殺気立つ顔に気付き、観光客を、

「本当か！」と締め上げる。

彼らは島民の土地を売却させようと、観光客のフリをしてホテルを作るメリットを吹聴《ふいちょう》していた。でもそれは全て嘘だった。ホテルを作るのではなく、ゴミ処理場を作る

ための嘘八百だった。

「危なかった、玉ばぁがいなかったら、島がおかしなことになるところだった」

漁港長が、玉ばぁに頭を下げる。

そしてそんな時でさえ、玉ばぁの心の音は水滴が落ちるような静まり返った音で、

「全部、香澄のおかげさ。香澄、あんたはすごいさぁ」

自宅に戻ると、玉ばぁはそんな嬉しいことを言った。

そして私は、その時初めて自分の能力の価値を、ほんの少しだけ見出《みいだ》すことが出来たのだった。

𝄞

「玉ばぁが？」

「うん、電話があった。香澄はいつ帰ってくるんだ？　だってさ」

久米先生は、私の血圧を測る。だが数値は思わしくないようで、すぐに顔をしかめ、眉間の皺《しわ》が深く刻まれる。

「玉ばぁ、元気だった？」

「まぁ、あの人は元気だろ、なんつうか魔女？　いや妖怪？　みたいな人だろ。二十年

前から全然見た目変わらないし、バケモンだよ」

ふっと笑みがこぼれる。玉ばぁの音が懐かしい。あんなに静まり返っている心の音を持つ人は都内では見かけない。チャポンと水滴が落ちたような静けさは玉ばぁしか持っていない。

それに玉ばぁは先生の言う通り、妖怪の一種なのか、いつも私の危機を察して助けてくれる。今回の連絡もそれなのだと思う。

「あいつに、ここに通ってるの話したのか？　頭痛のことは？」

ハッとして顔をあげると、それが返事だと分かったようで、久米先生はため息をついた。

「話してないんだろ？」

「……うん」

「ったく」

そう言うと頭をガシガシと掻きむしった。

「いつまで秘密にしておくつもりだ？　お前らが、今後のある関係ではないのは分かってるだろ」

私が何も話さず、無言でいるのに気付いた先生は、唇をギュッと噛むと、

「悪い」そう謝った。

先生がきついことを言うのは私を思ってのことだ。いつでも先生の心の音は、私を心配する音をさせ、警戒音をさせている。

カーンカーンカーン
シャカシャカシャカ
カーンカーンカーン
シャカシャカシャカ

「一応、担当医として言っておく。お前の身体は悲鳴をあげている」

今度は聴診器を耳につけ、私の心臓の音を聴いた。

その帰り、横浜で電車を乗り換えると子供連れの親子と一緒になった。赤ちゃんから流れる心の音は、つるつるとした滑らかな音だ。これは、一歳ぐらいまでの赤ちゃんなら殆どが同じ音をさせている。俗世間に汚されていない音は柔らかで軽い音をさせている。

分かってる。私に普通の女性のような幸せが無理なのは。

たとえ、先日会った女性のように全てを秘密にし結婚したとしても、女の子が産まれたら、その子も私と同じ運命になる。

色んな人の心の音が聴こえ、そのせいで具合が悪くなり、理由さえ大切な人に言えず、気付かれてしまったら、怖い、気味悪い、人じゃないと言われてしまう。

ツルツルポロロン

再び真向かいにいる赤ちゃんの音が聴こえた。

ツルツルポロロン

お母さんを見ながら、赤ちゃんが微笑んでいる。

ツルツルポロロン
ツルツルポロロンロン
ツルツルポロロコン

両手で耳を塞ぎ遮断しても、音は頭の中に悠々と侵入してきて、隅々まで埋め尽くした。

どうして私には聴こえてしまうのだろう。

どうして普通の幸せが私には難しいのだろう。

他の人と比べてはダメだ。私の人生と他の人の人生は別のもの。そう思うのに、やっぱり普通に生きたかった。普通の人生を歩みたかった。

必死に閉じていたはずの瞳から、拭っても拭っても涙は流れ落ち、周りの乗客が気付き始めても、私はそれをどうすることも出来なかった。

9

雨の降る気配がある空の下、サラリーマンの金曜日は、居酒屋で締められると相場が決まっている。

「え？　鴻上って、あの鴻上社長？」

「うん、そう」

「の、娘さん？」

「うん、そう」

「いつの間にそんなことになってたの？」

「由良が話した後から？　その間に？」

驚くことに、冗談のつもりで言った鴻上社長の娘さんとの縁談を、城内は自らの意思で進めていたらしい。

「ってか言っただろ、自分で聞くって」

「いや、そうだけど。でも、一体どうしたの？」

今までの城内だったら、スルーしていたはずの話題だったのに、何がどうなってこんなことになったのだろう。

城内は、どこか照れくさいのか、普段見せないぎこちない顔をした。

「なんていうか、お前たち見てたら、そういうのもいいなって思ったんだよ」

「僕たち？」

「そう、由良と香澄ちゃん。二人を見ていたら無性に恋したくなって結婚したくなったの。で、俺も社長にうちの娘どうだ？　って言われたから会ってみたらいい人で、じゃあ試しにって付き合ったら、あれよあれよって感じ？　まぁ、縁があったんだろうね。社長の地元と俺の地元一緒だし、知り合いも何人かいたし」

開いた口が塞がらなかった。付き合って間もないはずなのに、城内は、僕らよりも短い交際期間で結婚まで至ってしまった。城内の圧倒的な決断力に感服する。

「後悔の話、覚えてるだろ？」

「うん。しなかった後悔は、した後悔よりも倍以上、将来的に思い出す確率が高いって？」

「そ。だから由良も、何かあるなら後悔しない道選べよ」

城内は、まるで僕が既に後悔しているようなことを口にする。

結婚。結婚か。

結婚というものは、僕みたいな中途半端な人間に務まるのだろうか。

城内に相談したら、だからお前は真面目に考えすぎなんだよ、とか言われそうだ。

それに……香澄に、結婚の意思を確認したことはない。

僕自身は、同棲のその先にある未来を少なからず意識している。

彼女も同じ気持ちだったら、どれほど幸せなことか。

「じゃあな」

城内と別れ、駅に向かう。なんだか無性に香澄に会いたくなって、足早に地下鉄を目指し歩いた。多分、城内の話を聞いたからだろう。

今日の眠る前の映画は何を観よう。昨日の続きでもいいかもしれない。そんなことを考えながら、ふと顔を上げると、通りの向こうに香澄を見つけた。

仕事帰りかな？　随分遅い時間だ。また店長さんに残業でも頼まれて遅くなったのかもしれない。人の良い彼女は頼まれたら断れないからだ。

だけど声を掛けようとした、その時だった。隣に立っている男性を見つけた。

久米先生だった。

二人は、何かを親密そうに話していたけれど、時計を見た久米先生が、ＪＲの駅へと一人で去っていき、それを見送った香澄も地下鉄の入り口へと向かった。

足が動かなかった。走れば彼女に追いつくのに足がすくんで進まなかった。

一体、久米先生に何の用があるのだろう。

前回のように久米先生の用事がこちらにあって、それでまた会ったのだろうか。

それとも二人はもしかして……そんな、とんでもないことを考えてしまう。

大体、香澄は久米先生と一緒に暮らしていたのだ。十歳以上離れているとはいえ、男女が二人で暮らしていたのだから、僕が変な想像をしても仕方がない。

変な妄想が頭を埋め尽くして嫌気がさし、頭を思いきり振る。


「ただいま」

香澄の乗った電車から一本電車をずらした僕は、さらに駅前で十分ほど時間を潰すとマンションへ向かった。

彼女に、僕が気付いていると知られたくなかったからだ。

リビングに行くと、香澄はソファに座っていて、僕の顔を見ると、「お帰りなさい」と柔和な笑顔を見せた。いつもと変わらない様子に安心して、僕はもう一度「ただいま」と言い、それとなく、

「今日仕事どうだった？　楽しかった？」と聞く。

もちろん色々と悟られないように言ったつもりだ。

「うん。楽しかったよ」

「そっか……何か変わったこともなかった？　誰かに会ったとか」

「ん？　特にないけど？」

「そっか」

僕は、そう返事をしながら寝室に行き、スーツを脱いで部屋着に着替えた。

今の返事はどう考えればいいのだろう。彼女にとって久米先生に会っていたことは大したことではないのか。それとも僕に知られたくなくて、誤魔化してるのか。

なんだかモヤッとしたものが心の奥底を支配し始め、僕は覚悟を決めると、リビングに戻り、

「あのさ、さっき」と声を掛けた。

だけど、ソファにいたはずの彼女の姿が見えず、「香澄？」と辺りを見渡して、もう一度声を掛ける。

「ん？」

彼女の声が微かに聞こえ、ソファをぐるりと回ると、香澄はソファに横になっていた。目は虚ろになっていて、額には薄っすら汗も見える。

「大丈夫？　具合悪いの？」

「うん。でも大丈夫、多分風邪だから」

「熱は？　薬は飲んだ？　今、用意するから」

急いでキッチン横の棚から体温計と風邪薬を取り出すと、水と一緒に彼女に渡す。彼女は冷や汗を額に浮かべ、体温計を脇にさし、薬を飲んだ。

「ありがとう」

「もう眠ったら？　明日も仕事だよね？」

「うん」

電子音が聞こえ、脇から離すと体温計は三十七度を指していた。微熱だけど体温の低い彼女からすれば高い方だろう。

「ごめんね、先に眠るね」

彼女は、フラフラになりながら寝室へと向かった。

結局、久米先生のことは聞けなかった。もしかしたら、この風邪を相談したのだろうか。

でも、ただの風邪でわざわざ鎌倉から先生が来るのもおかしい。病院はそこら中にある。

それとも、やはり先生がこちらに来る用事があるからついでに診てもらった？

それとも、それほどに二人は親密ということ？

あぁ駄目だ。今は香澄の体調のことを考えなくては。

そう思ってるのに、結局嫌な想像しか出来ず、そんな妄想は僕の頭を埋め尽くした。


それから数日後に帰宅した時だった。

「あっ」と僕が声をあげると、久米先生が振り返った。手に牛のキーホルダーを持っていて、ドアの鍵を閉めると僕めがけて歩いてくる。

「香澄の様子見に来たんだ」

鍵付きのキーホルダーを僕に渡し、先生は、そのまま横を抜けて、エレベーターの方へと向かっていく。

「あ、あの！　少し、お話しさせてもらえないでしょうか！」

先生が足を止め、振り返った。

マンション近くのカフェに行き、僕は先生と向かい合った。明るい場所へやってくると、先生もどこか具合が悪いのか、目の下にクマがあるのに気付いた。

「あ、あの……」

「香澄の件だろ。具合が悪いって聞いたから来たんだ」

「そうですか、病院に行くように話しても絶対に行かないって言って。でも……久米先生の診療は受けるんですね」

先生は、ふと僕の顔を見、どういう意味だ、そう問いかけているような顔をしながらコーヒーを口にした。

「キミは、どれくらい覚悟があって香澄と付き合ってる？」

突然の問いに、え？　と僕は先生を見上げた。先生のクマ付きの眼光は、鋭さを増して僕を見つめて離さない。

「覚悟っていうのは……結婚っていうことですか？」

「それでもいい」

「それは……もちろん、そういうことは少なからず考えてます」

「そうか」

その時、先生の眼光が揺れた。だから僕は、

「あの……先生は、もしかして香澄のことを……」

と聞いていた。

どう考えても二人の関係は常軌を逸している。まるで、何か秘密を共有しているよう

に見える。

香澄は先生を頼り、先生もそんな香澄を守ろうとしている。

それは、二人にしか分からない、僕の知らない何かなはずで、香澄はそれを僕には隠そうとしている。

もしかして、あの……少年の件や鉢植えの件と関係あるのだろうか。

先生は、あれが何かを知っているのだろうか。

香澄は、先生にだけは説明したのだろうか。

僕には隠して、先生にだけは。

「もし、そうだと言ったら、香澄を手放すか？」

ハッとした僕は、先生を凝視し、

「嫌です」キッパリと告げた。

たとえ、先生と香澄に僕の知らない大きな秘密の共有があったとしても、それでも僕は香澄の手を離すつもりはない。僕はそう決めたのだ。僕に香澄がいて助かったように、僕も香澄を助けたい。

「だったら……だったら、あいつに向こうに戻るように」

久米先生は、考えるように言葉を止めると、眉をひそめコーヒーを口にし、

「いやいいんだ。何かあったら連絡してくれ」とそれだけを言い残すと、店を出た。

足取り重くマンションに戻ると、香澄は寝室で眠っていた。メトロノームのような規則正しい寝息が部屋の中に響いている。

香澄の寝顔を確認すると部屋から出て、リビングのソファに横になる。

窓を少し開けたからか、薄暗い中、外の喧騒《けんそう》が聞こえてくる。遠くの方で救急車の音も聴こえた。

僕は、二人の秘密の共有を想像する。だけど、何度も思い描くその秘密は、どう考えてもよいものではなく、僕はそんな秘密を打ち消すように窓を閉めた。

驚くことに、あれから城内と鴻上社長の娘さんとの縁談は順調に進んでいき、僕たちをあっという間に追い越していった。

表参道《おもてさんどう》の式場で行われた挙式には、僕も香澄も出席した。

招待状を渡しに来た城内の、あんなにも嬉しそうな顔を見るのは初めてだった。

思うに、城内は奥さんに一目惚れしたのではないだろうか。

僕の一目惚れをからかっていたはずなのが、いつの間にかこちら側になっていて、それが悔しくて言えずにいたのかもしれない。

式場は、繊細な装飾が施されている大聖堂で、チャペルには色とりどりのステンドグラスが埋め込まれていた。チャペルで短めの挙式が行われ、すぐ横のガーデン付きの会場では披露宴が行われる。

「大丈夫？」

隣に座っている香澄に声を掛ける。

あれ以来、彼女は体調が優れないようだった。でも今回は城内の結婚式だからと参列したのだ。

「うん、ありがとう」

彼女は、柔和な微笑みを浮かべている。

先日、いい加減にハッキリさせようと、香澄に久米先生の話を聞こうとした。でも、不思議なことに、

「何かあった？」そう声を掛けてきたのは彼女からだった。

いつもそうだった。何かあるたびに声を掛けてくるのは彼女だ。

「あ、いや……うん、あのさ、香澄って久米先生と何かあるのかなって？」

「何か？　何かって？」

「いや、うん……久米先生ってさ、もしかして香澄のことが好きなのかなって」

先生はあの時、もし自分が好きだといったら香澄を手放すか、そう僕に聞いた。それ

は、もう肯定していると受け取ってもいいのではないか。

「違うよ。先生は違う」

でも、香澄はハッキリと断言した。

「どうしてそれが分かるの？　もしかして先生に何か言われたの？」

「何も言われてないよ。でも、私には分かるの」

香澄はやはりそうやって断言したのだ。


時間になり、司会者の合図で音楽と共に新郎新婦が入場した。

出席者が拍手をしている間に、城内がロウソクを灯していく。いよいよ僕たちのテーブルに来た時、僕はからかうように「馬子にも衣裳《いしょう》」と口をパクパクさせると、城内に「アホ」と返された。

城内の奥さんは、鴻上社長と姿形は全く似ていないものの、意思の強そうな眉や頼りがいがありそうなところが似ていた。

一見、城内とぶつかりそうな雰囲気を持っているけれど、城内って意外に女性についていくタイプなのかもしれない。式の間、そんなことを考えていた。

そしてもう一つ、頭の中にあったのは、僕と彼女の結婚式はどんな感じになるだろうってことだった。

香澄はそれとなく意識してくれてるだろうか。

久米先生とのあれこれが解決していないのに何を考えているんだ、なんて自分に突っ込みを入れつつ、ふと横を見ると、彼女は目を潤ませ、今にも涙をこぼしそうにしていた。

城内の結婚がそんなに感動するのか？　なんて失礼なことを思いつつ、でもそれだけでは無さそうだった。

彼女の目の奥の、どこか寂しそうな揺らぎが何かを物語っていた。

式は滞りなく進んでいき、時間通り披露宴が終わると、友人たちはこのまま二次会へ移る準備に入る。

ロビーの椅子で休んでいると、彼女は俯《うつむ》きながら、息を切らしていた。

「香澄？　大丈夫？」

「ちょっと、人酔いしたみたいで」

城内自身のもそうだけど、鴻上社長の知り合いも多く出席していて、会場は人で溢れていた。そのせいか、香澄は具合が悪くなったらしく顔が青白い。

僕は、次第に悪くなっていく彼女の顔色に不安になり、二次会は諦めて自宅に帰るように説得した。

「城内さんに謝っといてくれないかな」

「分かった。でも大丈夫だよ、二次会は、会社とか学生時代の友人とかばかりみたいだし」

「本当？」

「うん。だから安心して。今、タクシー呼ぶから」

「ありがとう」

会場の入り口で、引き出物を受け取ると、外に出てタクシーを待った。

雨は降っていなかったけど夏に向かっているからか、生ぬるい空気が僕たちを包み、都会の喧騒が耳に届く。

「城内さん、幸せそうだったね」

外に出たことで、いくらか落ち着いたのか、彼女の顔に笑みが戻っている。

「あまりにもトントン拍子に話が進むから心配してたけど、大丈夫そうだなって思った。あいつ、社長の娘さんに一目惚れだったんだと思うよ」

「そうだね、奥さんに顔を向けてる時、そんな風に見えた」

「あいつさ、僕が香澄に一目惚れしたって言った時、からかってきたから、自分の時は言えなかったんだと思うんだ。やり返されるって思ってさ」

彼女は、え？　とポカンと口を開け、そんな彼女を見ている僕は、照れくさくなって頭を掻く。

「城内に相談したんだ。香澄と再会した翌日に、ナンパと思わせない声の掛け方を教えて欲しいって」

「そうだったの？」

「まぁ、結局は大した答えはくれなかったけど、ただ後悔はするなって言ってくれて」

「……そっか」

香澄は急に黙り、顔を伏せた。

僕は、え？　と顔を覗き込むと、彼女は、先ほど会場内で見たように目に薄っすらと涙を浮かべ、鼻水をすすっている。

「大丈夫？」

どうしたのだろう。今日の彼女の涙腺は崩壊しているようだ。

彼女は、何度も違うの、そう言いたげに首を振っている。

「香澄？」

「あの時、亮介君が追いかけてきてくれて良かったなって嬉しくて」

香澄は涙を拭う。

彼女も同じように思っていてくれたのが嬉しくて、僕は初めて会った時のように彼女を見て、固まってしまった。

何か声を掛けなくては、そう思うのに声が出なかった。

タクシーが目の前に停まり、ドアが遠慮気味に開く。

彼女は僕の分の引き出物も受け取ると、

「部屋で待ってるね」と目を赤くしながらドアを閉めた。


二次会は、式場の近くのレストランで行われた。

鴻上社長の知り合いが参加しなかったからか、人数は割とコンパクトになり、新郎新婦の同年代で大いに盛り上がった。

だけど、僕は先ほどの彼女の様子が気になっていて、城内に申し訳ないと思いつつ、二次会を切り上げようか、そんなことを思っていた。

大丈夫とは言っていたけれど、彼女の体調も気になる。

やっぱり帰ろう、城内に一言声を掛けようとしたその時だった。

「もしかして、由良じゃない?」

男が声を掛けてきたのだ。

その男は、新婦の会社の同僚らしかった。二次会の音頭をとっていたのだけど、面と向かって自己紹介をしなかったので、名前までは覚えていなかった。

「覚えてないか? 中学一緒だった馬淵《まぶち》だよ。馬淵孝彦《たかひこ》。お前、由良亮介だろ?」

次月 4月の新刊 2024年4月19日発売予定

佐々涼子	エンド・オブ・ライフ
今野　敏	宗棍
井上荒野	百合中毒
群ようこ	小福ときどき災難
小路幸也	ハロー・グッドバイ 東京バンドワゴン
杉井　光	神曲プロデューサー
梶よう子	本日も晴天なり 鉄砲同心つつじ暦 （歴史時代）
小杉健治	最愛 （いきなり文庫!）
諸永裕司	沖縄密約 ふたつの嘘
門田充宏	ウィンズテイル・テイルズ 時不知《ときしらず》の魔女と刻印の子 （いきなり文庫!）
樹島千草	剝製の街 近森晃平と殺人鬼 （いきなり文庫!）
遠藤彩見	虹を待つ 駆け込み寺の女たち （いきなり文庫!）
フィリップ・ロス 訳・柴田元幸	プロット・アゲンスト・アメリカ

※タイトル・ラインナップは変更になる場合があります。

ぜひチェック
集英社文庫公式ホームページ
新刊やフェアの情報満載、試し読みも！
https://bunko.shueisha.co.jp/

「ひめくりよまにゃ」毎日更新中！

◆第45回すばる文学賞佳作／第166回芥川龍之介賞候補作

我が友、スミス
石田夏穂
解説＝山崎ナオコーラ

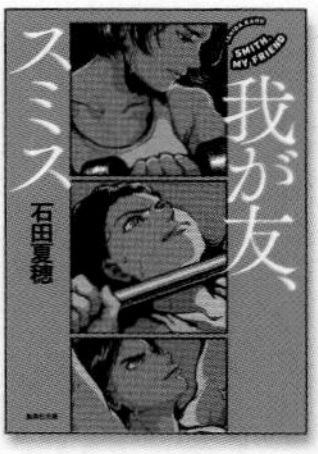

ボディ・ビル大会出場に向け厳しい鍛錬に励む女性。だが結果を出すには「女らしさ」も鍛えねばならず……。前代未聞の筋トレ小説！

●定価572円

定年女子
新たな居場所を探して
岸本裕紀子
（いきなり文庫!）

60代から70代前半、「老後の前」を生きる女性たちの前向きな姿を紹介。コロナ禍の状況下での様子を軸に描く、人気シリーズ最新刊。

●定価638円

集英社文庫 3月の新刊

集英社文庫
新刊案内【毎月20日頃発売】

3
2024

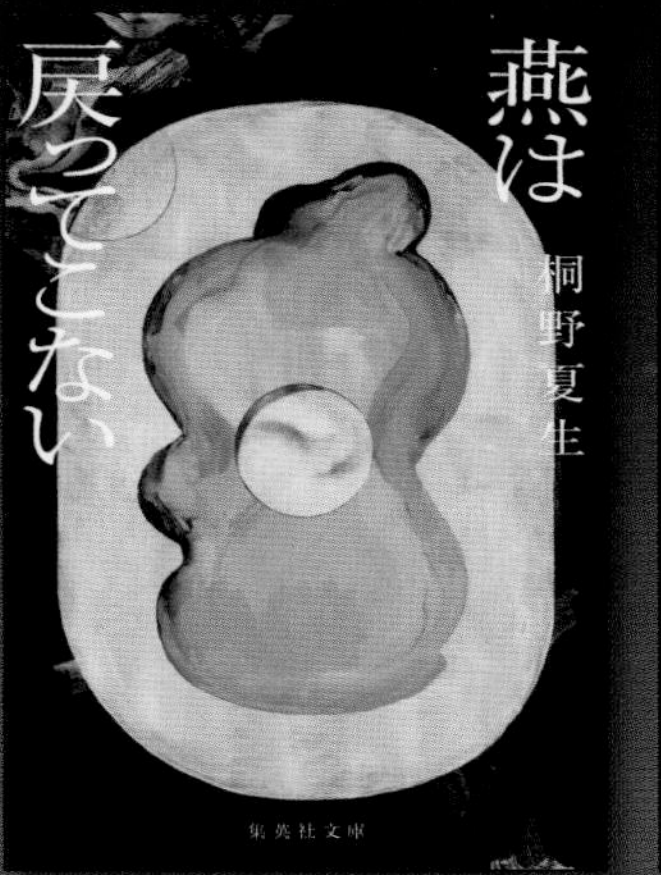

この身体こそ、
文明の最後の利器。

「代理母出産」をめぐり交錯する
現実と欲望——。

桐野夏生
燕は戻ってこない

●定価1,100円 好評発売中

NHK総合 ドラマ10「燕は戻ってこない」
2024年4月30日(火)22時から放送スタート予定(全10回)
出演：石橋静河　稲垣吾郎　内田有紀 ほか

女性の困窮と憤怒を捉え続ける著者が「代理母出産」を問う衝撃長編。

◆第64回毎日芸術賞／第57回吉川英治文学賞受賞作

燕は戻ってこない
桐野夏生
解説＝鈴木涼美

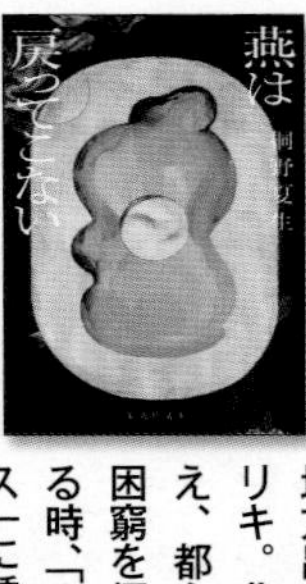

地方出身の29歳女性・リキ。非正規労働者ゆえ、都心での暮らしは困窮を極める日々。ある時、「生殖医療ビジネス」に誘われるが……。

●定価1,100円

世界を正しく見るために！ 西洋歴史小説の第一人者が明解講義。

よくわかる一神教
ユダヤ教、キリスト教、イスラム教から世界史をみる
佐藤賢一

エルサレムを聖地とする3宗教を巡る歴史をやさしく解説。イスラエルとパレスチナの衝突など、国際情勢の背景が理解できる一冊。

●定価814円

冊 好評発売中 ◎表示価格は消費税10%を含んだ定価です。

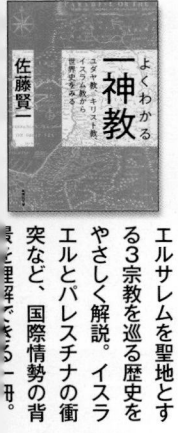

馬淵は、小学校と中学校の同級生だ。高校からは別の学校だったから、都内で働いてるとは知らなかった。

「何してんだよ、こんなところで」

「いや、それはこっちの台詞《せりふ》だろ」

馬淵は、サッカー部のキャプテンだった男で、部活に所属していない僕とは接点が無さそうなのだけど、小中の九年間同じクラスだったため、男の中では唯一話していた同級生だった。

「元気にしてたのか？　お前って、確か音楽科のある高校に行ったよな？」

「そっちは、サッカー推薦だっけ？」

馬淵は今、飲料メーカーの営業で働いているらしい。鴻上社長の娘さんとはそこで同期なのだそうだ。

サッカーに関しては、触れてくれるな、大きな括《くく》りとして挫折したとだけ言っとくと言われたので、僕も同じように、ピアノには触れないでくれと懇願した。

「だけどさ、まさか、こんなところで再会するなんてな。さすがに都内で昔の知り合いに会うなんてないよな」

「あぁ……それが実は、二回目だったりするんだよね」

「ん？　二回目って？」

「覚えてない？　真中香澄って転校生。中三の時に転校してきた」

「あぁ」

馬淵は驚くことに数カ月しかいなかった彼女の存在をすぐに思い出した。

「実はさ、彼女とも偶然会ったんだよ、それでさ……」

彼女に一目惚れして付き合うことになった、とそこまで言ってもいいのだろうか。なんだか香澄に許可なく話すのも悪い気がした。

「真中って、あの転入してきて、すぐ転校していった女子だよな？」

「そう、覚えてるんだ」

「覚えてるよ。だって真中のおかげで、俺たちあの事件のとき無傷だったんだぜ」

僕は、え？　と眉をひそめた。

「ほら、お前だって覚えてるだろ、博物館に行くはずだった課外授業の事件」

「もちろん。でも、あの事件は彼女が転校した後に起きたんじゃなかった？」

「いやいやいただろ。俺、同じ班だったしさ。確かあの日、真中が先生に課外授業を止めるように詰め寄ってたんだ。それで俺たち無事だったんだぜ」

「いや、だって……」

確か、蔵前に行った際に、僕は彼女に同じ話をした。でも彼女は、そんな事件知らないと言っていた。自分の転校した後の話だと思うって。

「それで皆で、どうしてそれが分かったんだろうって、もしかして真中にはそういう能力があるんじゃないかって噂になっただろ、覚えてないか？」

「え？」

馬淵の声が、テレビから聞こえる声のように、やけに遠くに聞こえていた。

「ただいま！」

僕は、色々悟られたくなくて、妙に明るい声を出した。

だけど、香澄のことだから、顔を見ればすぐに気付いてしまうかもしれない。いつだってそうだ。彼女は僕が何も語っていないのに、僕の気持ちを敏感に察し、欲しい言葉をくれた。だから今日も、もしかしたら何かを察するかもしれない。

だけど、馬淵の言っていたことは本当なのだろうか。

あの事件の時に香澄はまだ転校していなかった。

だとしたら、どうしてあの時、事件を知らないと言ったのだろう。

そして香澄の噂。

確かにあの頃、彼女の不思議な噂はチラッと聞いたことがある。

予知能力があるんじゃないか、とか。

心の声が聴こえているんじゃないか、とか。

クラスメイトたちは、彼女のおかげで助かったにも関わらず、そんな噂を流したのだけど、彼女も既に転校し、僕たちも受験やら何やらで噂は直ぐに消えてしまったので、すっかり忘れていた。それに僕自身、唯一仲良くしていた彼女が相談もなく急にいなくなり、裏切られたと怒っていたのだ。

玄関で靴を脱ぎ、部屋の中に入る。

だけど、おかしい。声を掛けたのに、いくら待っても香澄の声が聞こえなかった。

リビングは真っ暗で、レースカーテンの隙間から外灯がやけに光って見えた。電気をつける。

リビングには誰もおらず、その日、出た時そのままの風景があった。

玄関横にある寝室へ向かい、ドアをノックする。

「香澄？　大丈夫？」

ベッドには彼女がいるようで、布団に膨らみが出来ている。

「具合悪いなら、病院に……」

僕は近付き、布団からはみ出ている顔を覗き込むと、彼女は額に汗をかき、苦しそうに顔を歪《ゆが》めていた。

10

「とりあえず、今は落ち着いてる」

久米先生は、ため息をつくように息を吐き出した。病室は、重たくて、ひんやりとした空気を纏《まと》っている。

ベッドに眠る香澄は、落ち着いたのか、すぅすぅと規則正しい呼吸をしていた。

あの後、僕は救急車を呼ぼうとしたのだけど、目を覚ました彼女がそれを拒否し、久米診療所に連れていって、じゃないと私は行かないと、やけに子供っぽく駄々をこねた。

今、彼女と揉《も》めるのは得策ではないと悟った僕は、急いでタクシー会社に電話し、到着するまでの間に、久米診療所に電話して彼女の様子を話した。

久米先生は、

「そうか分かった。整えておくから、すぐに来るように」

夜にも関わらず、すんなりと承諾してくれた。

タクシーを待っている間に、僕は彼女の洋服やら下着やら、歯ブラシやら、その他の諸々をボストンバッグに詰め込んで用意した。

五分後、タクシーが到着すると、彼女を連れ、鎌倉にある久米診療所へと急いだ。

救急病院は都内にいくらでもあるのに、時間をかけてまで、何故、久米診療所でないといけないのか。

やっぱり先生は何か知ってるのか。

そういう情けなくて醜いものが頭の中をグルグルと占めたけれど、タクシーに乗っている間も、彼女の顔色は悪くなっていき、それどころではなくなった。


「あの……彼女、どこが悪いんでしょうか」

眠気で瞼を重たそうにしている久米先生は、面倒そうに頭をガシガシと掻くと、

「ちょっと、こっちいいか」

と音を立てずに病室を出た。

香澄は、規則正しい呼吸を繰り返している。僕は彼女の布団を掛け直すと、離れがたい気持ちを断ち切って部屋を出た。

久米診療所は、年季の入った建物の割に清潔で手入れが行き届いていた。短い廊下に何部屋か病室が並び、そこを抜けると、玄関と待合室、診療室があった。

普段は騒がしいはずの待合室も、夜中だと静まり返っていて、どこか寂しい空気が漂っている。

久米先生は待合室の椅子に座っていた。テーブルには、湯気の立ったお茶が二つ置い

てあり、先生は僕を真向かいの椅子に促した。

椅子に座ると、先生は僕にお茶を差し出し、自分はふぅふぅと息を吹きかけ飲んだ。

「あれは、あの子のお祖母さんとお母さんと同じものだ」

先生は、ゆっくりと諦めが混じったように息を吐き出した。

あれというのは、彼女を苦しめている病のことを指しているのだろうけど、どうしてハッキリと言わないのだろう。

「何ていう病気なんですか？」

久米先生は、やっぱり聞くよな、そんな顔をすると、ふぅとため息をつき、

「言えない」有無を言わせない、やけにキッパリとした口調だった。

「どうしてですか！」

「キミは家族ではないだろう」

僕はハッとして、恨みがましく先生を睨んだ。

確かに僕は家族ではない。でも、家族のように彼女と過ごし、家族のように彼女を大切に思っている。

「まだ正式に家族ではないですけど、家族になるつもりです、先日も言いましたが覚悟はあります」

帰る場所が同じで、同じ物を食べて、同じ風呂に入り、同じ布団で寝る。

明日の天気は、あぁだこうだと話して、明日の夕飯はどうすると話して、今日の散歩の途中で何かを見つけたと、そんな他愛もない話をする僕たちは、もう家族も同然ではないのだろうか。

そうでなければ、家族とは一体何を意味するのだろう。

「それ、香澄には？」

「いえ、まだですけど……」

先生は、「そうか、でも駄目だ」また、ため息混じりの息を吐き出した。

「病気っていうよりかは……」

先生は何故かそこで言葉を止めると、

「無理をしてたんだろう。だからよせって言ったのに」そう続けた。

「どういう意味ですか？」

「そのままの意味だよ。病気というより根本の……」

またそこまで言うと、息を吐き出して声を止める。

「中学の同級生なら知ってるだろ、沖縄に転校したの」

「はい」

「こうなるから、向こうに行ったんだ」

僕は眉をひそめて、よく分からないという顔をして、先生を見つめる。それが先生に

通じたようで、

「人の多いところにいるのが、よくないんだよ」と補足した。

「だったら何でこっちに来たんですか？　香澄は都会に来たかったって言ってました。でもそこまでして来るなんて」

だけど、先生は何も答えなかった。

意味が分からない。なんだよ、それ。なんなんだよ。全然分からない。

医療が整っている都会よりも、人のいない場所を選ぶ病って何なんだ。もしかして、精神的なもの？　でも、中学生の頃の彼女を思い返しても、再会してからの現在も、彼女は、そういう類のものとは縁遠いように見えた。

いや、ちょっと待て、お祖母さんとお母さんと同じ病って……。

「それって治るんですよね？　香澄は大丈夫なんですよね？」

彼女のお祖母さんは、僕たちが中学生の頃に亡くなっている。お母さんも、去年亡くなったと聞いた。

そんな二人と同じだと言うなら、そう思わずにはいられない。

だけど先生は、それ以上聞くなとでも言いたげに目を伏せ、お茶を口にする。でも、それが返事だった。

「沢山走ってたし、自転車にだって乗ってたんですよ、それなのに」

公園で、バドミントンだってした。フリスビーを追いかけて走った。病気の人間がそんなこと出来るとは思えない。

「まったくあいつは、無理するなって言ったのに」

久米先生はそんなことを繰り返し、僕たちの間に沈黙が訪れた。

納得いかなかった。

どうして言ってくれなかったんだ。

そんなに僕は頼りなかった？

同居人としても、彼氏としても、未来の夫としても頼りなくて、何も相談出来なかった？

僕は、ぎゅっと手で自分の頭を抱え、嫌になるほど自分を責めに責めた。

先生は、もう体の中に残っていないんじゃないかってほどに息を吐き出すと立ち上がった。

「あの子のそばについていたいなら、それでもいいが、あんまり無理させんな」

「分かってます……」

「それに、キミ自身も不安になるな。顔に出すだけじゃなくて、心にも思うな」

僕は、羅列された言葉の意味が分からず、立っている先生を見上げる。

「香澄は気付くからな」

久米先生は、

「後は頼む、何かあったら呼んでくれ」

とそれだけ言い、診療所の裏にある別邸に戻った。

音を立てないようにドアノブをゆっくりと回す。年季の入ったドアはギギギと最小限の音を出して開いた。

薄暗い部屋の真ん中に、真っ白の布団に包まれた彼女が眠っている。すぅすぅと先ほどと変わらない寝息が聞こえてきて、彼女がそこにいて、生きているのが確認できる。体はすっぽりと布団に包まれ、顔だけが出ている。長い睫毛をぴったりと閉じている寝顔は、いつもの表情に戻っていた。

僕は香澄に無理させてた？

僕との暮らしは辛かった？

僕と再会しなければよかった？

僕の心の声に、ぐっすりと眠り続ける彼女は何も答えなかった。

朝になっても彼女は目覚めなかった。僕は就業時間になると会社に電話をし、体調不良のために有給をとる旨を伝えた。

すぐに城内から心配するＬＩＮＥが入り『大丈夫』とだけ打つと、『何かあったら連絡しろ』と返信が届いた。

相変わらず、面倒見のいい同僚に目頭が熱くなって、すぐにでも彼女の話を聞いて欲しいと、発信ボタンに指を持っていく。だけどそうだった、僕すら何の病気なのか分からないのだと我に返り、結局『ありがとう、その時はそうする』とだけ返した。

彼女の様子を見に来た先生が、

「こっちこい」

と言うので、後をついていくと、別邸へと迎え入れてくれた。

別邸は、診療所と同じように和洋折衷で出来ていて、廊下の窓にはステンドグラスが埋め込まれていた。

足を踏み入れた瞬間からいい匂いをさせていたのは味噌汁《みそしる》だった。先生はテーブルの上の盆に、鮭《さけ》、納豆、のり、白米を、手際よく載せていく。

「腹減ったろ」

「すみません、こんな時に」

「バカ言え、こんな時だから腹減るんだ。付き添い人まで倒れたら困る」

先生が作ってくれた味噌汁は、体の隅まで染み渡ったし、白いご飯は空っぽの胃を満足させた。

「診療所が開いてる間は、看護師が香澄の面倒を見るから、あんたはここで寝てればいい。夜寝てないんだろ？」

「でも」

僕が引き下がらずにいると、

「香澄が寝てる間、あんたに出来ることはないんだ。目を覚ましたら、すぐに知らせる。目つむるだけでもいいから、中々に酷い顔してるぞ」

そう言われ、僕は窓ガラスに映る自分を見る。確かに酷い顔をしていて、この世の終わりを告げられたような顔をしていた。

僕が渋々頷くと、先生は、

「食器はそのままでいいから、とにかく休め」

と診療所に移動した。でも僕はすることもないので食べ終えると、食器を洗い、それが終わると、ようやくソファに横になった。

診療所の別邸は、道路から離れているからか、やけに静かで裏の山から樹々《きぎ》の音だけが聴こえた。

先生に言われた通り、目をつむる。疲れていて、ソファに埋もれるほど体が重かった。だけど、まるで眠れなかった。

今、眠りに入ってしまうと、起きた時、香澄がいなくなっているんじゃないか、そんな不安が頭を埋め尽くしていたからだ。

どうして、急に具合が悪くなったのだろう。いや、元々調子がよくなかったのに我慢していたのだ。蓄積していったというのが正しいのかもしれない。僕は自分の節穴さを呪いに呪った。

どう頑張っても眠れなくて、起き上がると、

『少し散歩してきます。香澄が起きたら連絡下さい』


スマホの番号を添えた手紙を置き、外に出た。

別邸を出ると、診療所の中には入らずに、脇を回って診療所の前にやってくる。そして庭に面している窓の外から病室を覗き、彼女の様子を伺った。

レースカーテン越しにベッドにいる彼女が見えたが、まだ眠っているようで、昨夜から変わりなかった。

僕は、諦めると診療所の前の坂を下り、学校までやってきた。母校である中学に行くのは、卒業してから初めてだった。

あの頃にもあった桜並木が、今も尚現役で、学校を守る門番のように整列していた。

季節はとっくに過ぎているからか、緑色の葉しか残っていない。

学校に近付くにつれ、生徒たちの声が聞こえてくる。

校庭が見える脇の道を通り正門を抜け、来客用の玄関へやってくると、スリッパに履き替える。

事務室に挨拶し、体育館なら入ってもいいと許可を貰《もら》うと、見慣れた廊下を進んでいく。扉を開けると、静まり返った体育館の隅に、グランドピアノがひっそりと存在しているのが見えた。

しんっとした体育館内に、パタパタと僕が立てるスリッパの音が響く。存在感のあるピアノを前にすると、この忙《せわ》しない音が急に恥ずかしく思えてきて、足指に力を入れて、なるべく音を立てないようにと意識して歩いた。

学校にあるピアノは、同窓生たちからの寄付によるもので、値段的にもそんなに高いものではないはずだ。

鳥の羽を開くように真っ黒の屋根部分を開け、突上棒で支える。艶のある黒い翼が立つピアノに触れるのは久しぶりだ。

僕のマンションにあるのは、アップライトピアノだし、坂元先生のコンサートで見かけたピアノはグランドピアノだったけど、遠目で見ただけだった。

幾人もの生徒を見送ってきたピアノは、どこか威厳があり、自信に溢れる雰囲気を持っていた。

それに何といっても、黒い翼を持つピアノは、やっぱり貫禄《かんろく》がある。

鍵盤蓋を開け、椅子の高さを合わせて座ると、人差し指でひとつ、もうひとつと音を確かめる。調律師にみてもらっているのか、音はくるっていないようだった。

久しぶりだった。こんなに近くでピアノに触れるのも、音を鳴らすのも。

在学中、このピアノを弾いたことは一度もない。どうしてもっと触れなかったのか、こんなにも威厳のあるピアノはそうないのに。あの頃、全てに意固地になっていた自分が嫌になる。いや、あの頃だけではない。今もあの頃とそう変わりはないだろう。

久しぶりにピアノに触れると、ふと、あの頃、彼女と話していたことを思い出した。

彼女の家族のこと。

彼女の祖母が亡くなった時のことだ。

♫

ある日、彼女が学校を休んだ。遅刻でもするのかと思っていたけれど、彼女は放課後になっても現れなかった。それが二日、三日と続くと僕は心配になり、ようやく担任の田中《たなか》先生に聞いた。

「忌引きだ」

職員室にいる田中先生は、椅子に座って僕を見上げる。

「お祖母さんが亡くなられたんだ」

彼女のお祖母さんといえば、久米診療所に入院している人だろう。

亡くなったなんて、そんな大事なこと全く知らなかった。香澄に最後に会った時、そんな素振りすら見せていなかった。お祖母さんが危篤だとか、そういうことだ。

「俺は昨日顔を出したんだが、由良も行くか？」

田中先生は、どうする？という顔を僕に向けた。


翌日の土曜日。午前十時になると久米診療所に向かった。家を出ていく時、母さんにレッスンはどうするのか、と呼び止められたけど、それも構わず向かった。

学校の先にある久米診療所はやけに静かだった。

玄関戸のガラス部分に『忌中・真中家』の紙が貼ってあり、田中先生が言っていたのは本当なのだと確認できた。

ここまで勢いでやってきたのはいいけれど、迷惑ではないのだろうか、急に冷静になって、玄関前であぁでもないこうでもないと迷っていると、香澄が買い物袋を下げ、やってきた。

「あれ？　由良君」

急に声を掛けられ、僕は、なんだかドギマギしてしまった。

「どうしたの?」

「あ、いや、その……」

「もしかして、お祖母ちゃんのこと聞いた?」

「あ、うん。先生に聞いて……ご愁傷様です」

僕は躊躇いながらも近所で買った果物籠を差し出した。香澄は啞然とし、何が面白かったのか、プッと笑って、

「痛み入ります」と果物籠を受け取った。

「こっち」

彼女は診療所の脇を通り、裏にある建物の中に入っていく。その建物は診療所と同じく和洋折衷で出来ていて、古い家だった。

「今、誰もいないから」

彼女は玄関先で僕にスリッパを勧め、中にズンズンと進んでいく。

窓ガラスにステンドグラスが埋め込まれている廊下を歩いていくと、畳の部屋が出てきた。そこに、彼女のお祖母さんの遺影と位牌《いはい》が置いてあった。

「お祖母ちゃん、由良君が来てくれたよ」

果物籠を遺影の横に置くと、手際よく焼香をし、ボサッと突っ立っている僕に、その

場を譲った。

僕は、彼女を真似するように焼香をし、手を合わせる。

「ありがとう」

僕は「いや」と首を振ると、彼女は、

「外行かない？」と僕の返事も聞かずに、再び玄関に戻った。

診療所の正面まで戻ると、今日は海ではなく、山の方に向かって歩いていく。

鎌倉には寺や神社がそこら中にあって、それは僕らには日常だった。坂上には、観光客にも有名な弁天《べんてん》様がいて、僕たちはそこで参拝すると、その上にあるもう一つの神社を目指した。

「今日、レッスンは？」

「午後からなんだ」

嘘だった。本当は午前も午後も練習が入っていた。だから家を出る時に、母さんに止められたのだ。

香澄は、そんなもの全てを見透かすように僕の顔をジッと見つめる。

「そっか」

だけど、それ以上何も言わず、再び神社めがけて歩き始めた。山の中腹にあるから、やたらに坂がきつく、僕は息が上がっているのに、彼女は平気そうにぐんぐんと上っていく。

「人が亡くなるのって、あっという間なんだよね」

「最期は話せたの?」

「うん。元々、お祖母ちゃんと離れたくなくて、一緒に転校してきたから、色々話せたし、一緒にいれた」

「そっか」

彼女はそれきり黙ってしまった。

ふと、鳴き声が聞こえ、僕も彼女も立ち止まって空を見上げる。トンビが空高く飛び、気持ちよさそうに浮遊していた。

僕は彼女を慰めたくて会話を続けようとしたけれど、何を言っていいのか分からず、口をモゴモゴとさせていた。

だけど、そんな僕の気持ちに気付いたのか、彼女の方から話し始めた。

「由良君は、お母さんがピアノ弾く人なんだよね」

「うん、そうだね」

何を言われるんだろう、僕は思わず身構える。

会話を続けたかったけど、僕自身の話をしたかった訳じゃない。

ましてや、母さんの話をしたい訳でもなかった。

「じゃあ、遺伝なんだね」

「遺伝？」

「うん、そう。由良君がいい音を出すのは、お母さんからの遺伝」

確かに、音楽の才能は母さんのものだろう。元々ピアニストを目指していたのは母さんだからだ。そこに父さんの遺伝は何もない。強いて言えば、長めの指は父さん似だろう。

「それがいいのか悪いのか分からないよ」

「そう？　私はいいなって思うけどな」

「こういうのは……当事者にならないと分からないと思う」

こんなこと言うつもりなかったのに、ぶっきらぼうに返してしまった。

母さんのことを出されると、どうも感情的になってしまう。多分、いや絶対に触れられたくないものの一つだからだろう。

「そっか、ごめん、そうだよね、私が由良君の気持ち分からないように、由良君も私の気持ち分からないもんね」

彼女はどこか遠くを見るように答えた。

「どういう意味？」

彼女はほんの一瞬切なげに瞳を揺るがせると、すぐに元に戻り、「神社まで競争ね」と走り出した。

「ずるいぞ！」

僕は彼女を追いかけるように走る。だけど、頬に冷たい何かが張り付き、足をゆるめ、立ち止まった。

頬を拭うと、水のようだった。

見上げたけど、雨は降りそうにないくらい晴天だったし、トンビは今も空高く飛んでいる。

もしかして、彼女の涙だろうか。

僕は先の先まで走っている彼女を慌てて追いかけた。

これは、お祖母ちゃんを思って泣いた彼女の涙だ。平気そうな顔をしていても、やはり身内が亡くなったのだ、悲しいに決まっている。

でも、神社について彼女を見ても、涙の跡は見られなかった。むしろ彼女は、「ここ、お祖母ちゃん連れてくればよかったな」と笑顔だった。

気のせいなのかな？

僕たちは、神社で参拝すると、来た道を戻り、久米診療所に向かって歩き出した。

その間も、僕は彼女の様子を窺った。でもやっぱり彼女は今まで通りで、「月曜日から普通に学校に行くから」そう笑っている。

そして、久米診療所の前までやってくると、僕は思い切って、

「真中さんの遺伝は何？」と聞いた。
彼女に僕の気持ちが分からないように、僕も彼女の気持ちが分からない。
僕にとって、それがピアノだとしたら、彼女にとっては何なのだろう。
それを聞いてみたかったのだ。
彼女の笑っていた顔が、どこか泣きそうな顔になり、
「音が聴こえること」そう言うと、「果物、ありがとう」と診療所に入っていった。
僕は、何が何だか訳が分からずに立ち尽くす。
「音が聴こえること？」
彼女が言った言葉を繰り返す。だけど、それでもやはり意味は分からなかった。
翌日。彼女は宣言通り登校し、今まで通り僕の練習に付き合ってくれた。そして僕は、
そんな日々がずっと続くと思っていたのだ。

11

目を覚ますと見覚えのある部屋だった。古い木造の建物に木枠の窓。小さな頃から通っていた久米診療所の病室だった。

カタリと音がしてドアが開くと、白衣を着た久米先生が入ってくる。目を覚ました私

を見つけ、ふぅとため息をついた。

「お前は、まったく」

「ごめんなさい」

先生は一言ぼやくと、「ちょっ待ってろ」と、すぐに病室を出た。


戻ってきた久米先生は、頭痛薬と水の入ったコップをベッド脇のサイドテーブルに置いた。

「向こうに帰れ」

グギスングギグギ
スングギグギグギ

怒りを抑えている心の音が聴こえている。こんなにも怒っている先生の音を聴いたのは初めてだった。いつも以上に興奮し、そして心配している。

「ごめんなさい……でも私はこっちにいたい」

先生は睨むように私を見た。鼻息を荒くし、怒りを我慢している。

「だったら、俺がアイツに話す。ことによっては音の話をしてでも」

「やめて！」

急に叫んだからか苦しくなり頭を押さえる。久米先生は、

「横になれ」と寝かせて乱暴に布団をかぶせた。

「先生、お願い。由良君にだけは言わないで、言うなら……自分で話すから」

久米先生は、何度も何度も言葉を呑み込んでは息を吐き出している。

助けたい。何をしてでも助けたい。

そんな音が先生から響いている。

サラサラサラ
トットットットット
サラサラサラ
トットットットット

沖縄でお母さんのお葬式があった日。先生は東京から参列してくれた。その時も同じ音をさせていた。

人を助けたい。

もう死なせたくない。

どうして助けられない。

自分のいる意味はなんなのだ。


先生は、白味を帯びている清い音の裏に、そんな慈悲深い音をさせ、医師の存在意義を考えているようだった。

サラサラサラ
トットットットット
サラサラサラ
トットットットット

何年も、何十年調べても、真中家の治療法を見つけられず、苦しんでいる私たちを見送り続けてきたことに、先生はいつも苦しんでいた。

先生だけではない。先生のお父さんも、お祖父《じい》さんも、皆苦しんで真中家を見送ってきた。

私だってこんな能力無くなればいいって思ってる。

でもいくら私たちが頑張っても、先生たちが頑張っても、無理なものは無理だった。

何十年、何百年と治療法を探しても見つからなかったのだから治る訳がない。

それならば、私はここにいたい。由良君のそばにいたい。

「もう少しだけ、先生、もう少しだけお願いします」

先生は何の返事もせず、私は返事を待つうちに再び眠りについた。


「あんまり無理させないようにな」

病室にいた久米先生が、口癖のように言うと、僕とすれ違い出ていく。香澄は病室の真ん中にあるベッドに上半身だけ起こして、申し訳なさそうな顔をしていた。

「ごめんね」

目を覚ましたからといって、青白い顔に変化はなく、なんだか儚い存在の彼女が消えてしまうんじゃないかと、僕は、ベッドの横の椅子に座り彼女の手を握った。

「心配した」

「うん、ごめん。ごめんなさい」

彼女は何度も何度も謝った。もしかしたら、彼女は先生にお説教をされたのかもしれない。可哀想《かわいそう》なぐらい落ち込んでいる。

僕は謝って欲しい訳じゃない、そんな意味で首を横に振る。

「お祖母さんとお母さんと同じ病だって聞いた」

「……うん」

「知らなかった」

「ごめんなさい」

彼女は再び謝ると、それ以上聞かれたくないと顔を伏せる。でも、僕はそんな彼女の手を強く握った。

僕を信じて欲しかった。何を聞いても大丈夫だから。隠さずに何でも話して欲しい。彼女への僕の疑念は、既に乗り越えている。

香澄の真実に触れたとしても、何があったとしても、僕には君が必要だって。だから信じて話して欲しい。

僕の気持ちが通じたのか、彼女は顔を上げる。目には涙が浮かんでいて、今にも溢れて頬に落ちそうになっている。

「香澄……」

彼女の涙が頬を伝い、布団に落ちた。白い掛け布団に、次々にシミが出来上がっていく。

美しい涙を出し切ると、彼女は決意した顔をし、

「私は人の心の音が聴こえるの」そう言った。

「心の音？」

茶色い瞳を、ゆっくりと閉じて静かに頷いた。

「喜怒哀楽の音が聴こえるの。嬉しいとか怒りとか、悲しみとか寂しさとか、そういうもの全部」

「感情の音ってこと？」

彼女は再び、頷く。

香澄は、いつでも僕が声を掛ける前に振り返った。僕はそれを、気配を感じて振り向いたのだと思っていた。でもあれは気配でも何でもない、聴こえていたのだ。僕から鳴る音が聴こえて振り返っていた。

中学生の頃、綺麗な音を出す、と言っていた。僕はそれを、僕の弾くピアノの音と思っていた。だから不思議な言い方をするなって。でもあれは、弾いている音を意味したのではない。人から出ている心の音を意味していたのだ。

僕から鳴る音。

僕の心から聴こえる音。

「もしかして……あの蔵前の鉢植えも？」

香澄は、目を伏せながら、頷く。

「マンションの上から、女性の苦しんでる音が聴こえて」

「じゃあ、あの中学生の少年は？」

「彼の心から、寂しさや悲しみで埋め尽くされてる音が聴こえて、だから危ないって、止めなきゃって……」

だから、少年の顔を見なくても、彼が苦しんで追い詰められているって分かったのか。

このまま一人にしていたら危険だって。

そして、あの課外授業の時もそうなのだろう。犯人の音が聴こえ、そして先生に伝えて、僕たちを助けた。

「そういうことだったんだ」

彼女は、ずっと隠していたものを吐露したからか、どこかスッキリしているようにも見えるし、落ち着きない様子にも見える。ただそれでも顔色は青かった。

「具合が悪くなったのって、その音に何か関係があるの？」

彼女は、目を伏せながら、ゆっくりと頷いた。

「常に頭の中で音が鳴ってて、寝ている時も鳴ってる時があって、自分ではどうすることも出来なくて」

「……もしかして、だから人のいない離島に引っ越したの？」

「うん。久米先生のお父さん、前の主治医の先生に言われて、人がいないところに行った方がいいって。だからお祖母ちゃんが亡くなった時に、私とお母さんは引っ越したの」

「だったら何で沖縄から出てきたの。都会に行ってみたかったって、そんな理由で……自分の命の方が大切だろ」

「ごめんなさい」

彼女は、僕といる時も人の多いところを嫌った。ただ単純に人混みが苦手なんだろうってそう思っていたけれど、それは違う。

大勢の人がいると、それぞれが出す音が重なって頭に響くのだろう。それは自分の意思では制御出来ず、常に鳴り響いている。

そうだ、だから彼女は自転車にも乗れず、車を運転することも出来ない。

音が邪魔をするから危険なのだろう。

彼女はいつも、手で耳を塞いでいた。音が支配する世界が苦しくて、彼女を追い詰めていたに違いない。

そして久米先生は、そんな彼女を見守り続けていた。先生のお父さんも、お祖父さんも、彼女の家族たちを見守ってきたのだろう。

「私、気持ち悪いよね」

僕は彼女に顔を向けた。彼女は、まだ顔を伏せている。長い睫毛が涙で湿っていた。秘密を吐露して気持ちが楽になったとはいえ、それを僕がどう思うのか、心配なのだろう。

「確かに驚いたよ」

彼女は目をきつく瞑《つぶ》る。これ以上聞きたくない、怖い、そう思っているのかもしれない。

「でも、気持ち悪いなんて思ってない。ただ腑《ふ》に落ちたなって思ってるだけだよ」

え？　と彼女は顔を上げた。

茶色い虹彩は、以前と同じように儚げに潤っていた。

そうなのだ、僕が今思っているのは、なるほどそういうことか、それだけだ。

中学生の彼女が何で僕に、「綺麗な音を出す」と言ったのか、とか。

何も言わないのに、どうして「何かあったの？」と分かったのか、とか。

声を掛ける前に、どうして振り向いたのか、とか。

そういうもの全てだ。

「心の音が聴けるなら、今、僕が香澄をどう思ってるか、分かるでしょ？」

香澄の茶色い虹彩が僕を真っ直ぐに見ている。全てを見透かすように見ている。

「ね？」

彼女の目から再び大粒の涙が流れる。そして彼女は、僕に抱き付いた。彼女の涙が僕のシャツを濡《ぬ》らす。

必死に抱き付く彼女から、鼓動の音や涙をすする音が聴こえていた。

「ねぇ、亮介君、一つ、お願いがあるの」

「一つなんかじゃなくて、何個でも言って」

彼女が望むなら、僕は何でも叶えるつもりだ。それが無理難題だと分かっていても絶対に実現させてみせる。

「お願い亮介君、私のために、ピアノを弾いて欲しいの」

彼女は、そう願い事を口にした。でも、薄茶色の瞳を揺らしながら懇願されたのは、それが二回目だった。

12

「ねぇ由良君、私のために、ピアノを弾いてくれないかな?」

まだまだ蟬《せみ》が激しく鳴いている夏休み明けの放課後、いつものように音楽室でピアノを弾いていると、香澄が突然何の脈絡もなく言った。

というか、殆ど毎日、この音楽室で一時間彼女のためにピアノを弾いているのだから、

その願い事はおかしいのではないかと思えなくもないのに、彼女は再び、

「私のために、ピアノを弾いて欲しい」と言う。

「今、弾いてると思うんだけど」

僕がいささか素っ気なく返すと、

「これは由良君が指ならしのために弾いてるものでしょ？　お願いして弾いてもらうのとは違うと思う。私が言ってるのは、私のために弾いて欲しいってことなの」

彼女はいつになく強い口調だった。それも、私のために、をやけに強調する。

「ピアニストは、リサイタルをやるって言うし、だから、私のためにリサイタルを開いて欲しいの」

僕は、まだピアニストと言えるほどではないので、リサイタルなんかもっての外だよ、なんてカッコ悪いことを言える訳もなく、

「リサイタルをやるからには、見返りを求めるけど、大丈夫？」

と僕が言い返すと、こっちの方がもっとカッコ悪かったかもしれないな、なんて言ってから激しく後悔した。

「見返り？」

「いやいや、無理ならいいんだ、無理なら」

益々《ますます》カッコ悪くなっていくのを止めるために、僕は潔く引き下がった。

だけど彼女は、

「分かった。何か考えておくね」

と、僕への見返りを承諾してくれた。

コンサートが複数人でやる演奏会なのに対して、リサイタルというのはソロでやることを言う。

僕はコンサートの経験はあるけれど、リサイタルは初めてだった。

しかも演奏家一人に観客一人の一対一のリサイタルなんて、これをリサイタルというのか甚だ疑問である。

だけど、彼女が一応見返りをくれるというので、それを目標に、僕は彼女のためのプログラムを作り始めた。

始めは、音楽室で開こうと思ったけど、リサイタルとなると休憩を入れて二時間程度かかるので、もっと別の場所がないかと考えた。

吹奏楽部とか合唱部が使うかもしれないので、そんなに長く使用できないと思ったのだ。

そして、思いついたのは近所にあるジャズ喫茶・キトンブルーだった。

店内に、ちょっとした舞台があり、夜、小さなコンサートが開かれる時もある。舞台の上には年季の入ったアップライトピアノが一台置いてあり、幼い頃から父と通っていて、店長さんとは昔からの知り合いだった。だから融通もきく。早速、話しに行くと、定休日だったら好きに使っていいと了承してくれた。だから僕は水曜日を選んだ。翌日の課外授業のために授業が一限だけ短縮になるからそれも都合がいいと思った。

僕は急いで本物のリサイタルのようにチラシを作る。それっぽく僕の名前やプロフィールなども書き、開場時間や開催場所も記入する。

放課後の音楽室で彼女にチラシを渡すと、彼女は興味深そうにチラシを眺めてクスッと笑い、

「由良君、ありがとう」

そう言って窓際に行き、秋が訪れようとしている空を機嫌よさそうに眺めていた。

喫茶店の定休日の水曜日、学校が終わると僕はキトンブルーに向かった。もちろんピアノ練習をサボったのだけど、リサイタルをするのだから完璧に休んだとはいえないだろうと、心の中で勝手に言い訳をした。

学校が終わると、香澄に「じゃあ後で」と声を掛けて、早々と店に行く。キトンブルーの店長は、コーヒーと手作りのチーズケーキを準備していてくれた。

「ありがとうございます」

僕が、料金を支払おうとすると、

「出世払いな、ピアニストになったら、是非うちで弾いてくれ」

そう言って断り、鍵を渡すと店を出た。

いよいよ、リサイタルが始まる。

一人になると無性に緊張し始めた。朝預けていたリサイタル用のタキシードに着替え、指を慣らすためにアップライトピアノに手を伸ばす。

今までにない冷や汗に手の震え、ソロというものは、こんなにも心細いものなのかと思い知らされ、手を止めると、ちょうどカランとドアチャイムが鳴り、彼女が現れた。

ワンピースを着て、薄手のカーディガンを羽織ってる彼女の姿は、制服姿とはまるで違う様子で、僕の緊張はピークに達した。

「こんな素敵なところがあったのね」

どうやら彼女はキトンブルーを気に入ってくれたようだ。

店内は、ロード・オブ・ザ・リングのホビットが住むような木目調で、屋根の梁《はり》は剥《む》き出《だ》しになっている。

壁には店長が世界中を巡って集めたというコーヒーカップが並んでいて、僕は、「この中から一個選んでくれる？」といつもの店長のように彼女に声を掛けた。

彼女は、何度も何度も往復して、何度も何度もカップを手に取って、そろそろいい加減に声を掛けようと思った頃に、ようやくサクラ柄のカップを選んだ。

「あのピアノの前の席に座ってて」

僕は彼女を席に促すと、店長が淹れてくれたコーヒーを注《つ》ぎ、チーズケーキを持って、テーブルの上に置いた。

「本日は特別なお客様のご来店により、チーズケーキとコーヒーをご用意いたしました」

「ありがとうございます！」

彼女の澄んだ声は興奮しているようで、いつもより幾分か高音だった。こういう時の彼女はやけに素直で可愛く思える。僕は、フッと笑顔になると、

「演奏家の準備がございますので、少しお待ちください」

店の端にあるステージに移動した。

ピアノ椅子に座ると、指に力を入れ握るように動かし、首や肩を回す。先ほど何曲か指ならしをしたけれど、緊張で少し指が冷たくなっている。

放課後の一時間が、香澄のためではなく、ただの練習だというのなら、母さん以外の誰かのために弾くのは初めてだ。

僕は観客席を見る。目の前のテーブル席で、香澄は今か今かと待ちきれんばかりの顔で僕を見ていた。目が合うと、ニッと笑顔を作る。観客の準備も万端のようだ。

「由良亮介リサイタルにお越しのお客様、この度はありがとうございます」

ここで、香澄から盛大な拍手が鳴る。

だが、それ以上、何を言っていいのか分からず、僕は、あ、う、お、と戸惑っていると、言葉を続けるのを早々に諦め、

「では、ごゆっくり、ご鑑賞くださいませ」

と挨拶を終了した。

彼女はぎこちない僕が面白かったらしく、笑顔を作る。

僕は、ふぅと息を吐き、呼吸を整えると柔らかな旋律を奏でる。

一曲目は、映画『ティファニーで朝食を』から『ムーン・リバー』。

誰もが聴いたことのある有名な曲で、やわらかな清潔感のある旋律はリサイタルのプロローグによく合っている。

厳かに、だけどどこか身近に感じるように音を奏でる。川の流れのようなゆったりとした音色を次々に重ねていく。

続いて、映画『ピノキオ』から『星に願いを』。

暗闇に光る星たちをイメージして弾き始める。控えめに光り続ける星のように、優し

く丁寧に。そして時々見える流れ星に願いをこめる人々。

静まり返った店内が、夜空のように澄み渡り、繰りだす音に包まれる。

続いて、映画『オズの魔法使い』から『オーバー・ザ・レインボー』。歌付きのものだから、本当は歌い手がいた方がいいのだけど、香澄にピアノのみの音を聴いて欲しかった。

虹よりも、雲の上に乗ったようなふんわりとした音を奏でるため、鍵盤に指を滑らせていく。

緩やかできめ細やかな旋律が店内を優しく駆け巡った。

ここまではプロローグ。どこかで聴いたことのある曲を弾き、彼女の耳を慣れさせるための曲だ。そして、ここからが本番だ。

彼女に私のために弾いて欲しいと言われ、思いついた曲は沢山あった。むしろ僕の方が、彼女に聴いて欲しかったのだと思う。

彼女のために選んだ曲は、ドビュッシーの『夢』。

夢のように美しく儚げに。消え入りそうな世界を見ているように。軽く、決して力強さは見せないように、繊細に。

白い靄《もや》がかかる森の中、さまよう僕たちは、森の奥から聞こえる音に導かれるように歩いている。あの音は何なのだろう。自分がどこにいて、どこに向かっているのか分からないでいるのに、音の正体を確かめるまでは、その足を止められない。一体、ここは現実なのだろうか、それとも夢の中。

儚い夢の中をさまよい続けるように弾いた。

続けて、ドビュッシーの『月の光』。

暗闇の中、月の光が差し込む。太陽とは対照的な、ゆっくりと穏やかな光だ。そんな光のように音を奏でる。優しく、しっとりと。まるで幻の月を見ているように。

緩やかな音が、僕たちを包み込んだ。

長い夢を見ていたようなリサイタルが全て終わり、僕が彼女に体を向けると、香澄は目頭にハンカチをあてていた。

「真中さん？」声を掛けるとようやく顔を上げ、

「ありがとう」そう言って、再びハンカチを目にあてる。

静かに閉じる彼女の瞼から、涙がひとすじ、またひとすじと頬を伝って落ちる。

なんだかどこか寂しげに見える彼女に、触れて抱きしめたいという気持ちと、そういうのは駄目だろうと、正義ある葛藤と戦いながら、僕は鍵盤蓋を閉じた。

彼女が涙を流してまで感動してくれたことに、僕は叫び出したいくらい満足していた。

店の外に出ると、いつの間にか夜に向かう空になっていて、ピンク色が頭上を包んでいた。

キトンブルーのドアに鍵をかけると、「行こうか」と彼女に声を掛ける。

香澄は「うわぁ」と空に向けて伸びをした。

満足そうなその顔を見て、僕の心は満たされる。

人のためにピアノを弾くというのは、こういうのを言うのだろう。

母さんのためとか、自分のためとかでは味わえない達成感に高揚感。

満たされていく気持ちが、夕焼けと共に滲《にじ》んでピンク色に染まっていく。

まだ帰りたくない。

もう少し一緒にいたい。

そんなことを口に出したら彼女は何て答えるだろう。

「海に寄って行かない？」

どうやら彼女も名残惜しいと思っていてくれたようで、そんなことをさらっと何ともないように言った。

「うん」

僕たちは、国道下の歩行者用トンネルを抜けると、浜辺へとやってくる。

夏休み明けとはいえ、まだまだ暑く、夕闇の浜辺にはカップルやサーファーたちが集まっていた。

この浜辺をずっと奥に行くと、診療所の真下へと続く。

僕は彼女を送るつもりで歩き続けた。

「このぐらいの時間帯の海って気持ちいいね」

ピンク色の空は徐々に薄紫色になっている。太陽はとっくに海の向こうで、その代わり、月が徐々に昇ってきている。あと数分で辺りは一面漆黒に様変わりし、月の支配する世界になるだろう。

冷たい風が吹き、僕の高揚していた気持ちを優しく撫でた。

シャリシャリという気持ちのいい浜辺を歩く音。

ザザァザァザァザァという海の安定感のある音。

「月って地球から毎年数センチ離れてるらしいよ」

そんなことを言いながら空を見上げる彼女に、僕は見惚《みと》れていた。

先ほどの、ドビュッシーの『月の光』でイメージした通りの月が真上に昇っている。

太陽とは対照的な、ゆっくりと穏やかな光を放っている。

「そうなの？」

「うん。だから、例えば私たちが八十歳ぐらいの時には、今から三メートルぐらい離れてるみたい」

「三メールか。結構な長さだね」

「そうなのよ、結構な長さなのよ」

「あ、でもそれなら、昔は月が地球にもっと近かったたってこと？」

「そう。でもね、月が今よりも地球にずっと近かったら、引力のせいで海の生物が正常に生きられなかったみたいよ」

「へぇ」

そんな感心したような声を出していたけれど、僕は、彼女の八十歳になった姿を想像していた。

八十歳になっても、彼女はきっと、何にでも興味を持って、キラキラと目を輝かしているに違いない。

そんな彼女の横には、誰がいるのだろう。

僕はその時、どこにいるのだろう。

僕はそんな彼女のそばにいるのだろうか。

「月ではさ、音は、どんな風に聴こえるんだろう」

そんな彼女の声に、僕は、ん？　と顔を向け、う〜んと唸《うな》る。

「音って空気で伝わるから、空気のない月では音はないんじゃない？」

「そっか、月に音はないのか。それって……悲しいような、でも嬉しいような」

「嬉しくもあるの？」

悲しいのは分かるけど、嬉しいのはまるで分からない。彼女はピアノの音が好きだし、いつも音が聴こえるって言っていたから。

「う〜ん。まぁでも、やっぱり由良君は、いい音出すよね。今日は特別いい音が出てたな」

どうやら彼女は、まだ先ほどの余韻に浸ってくれていたようだ。

「そりゃあ、誰かのために弾くってなったら、特別にいい音を出そうって思うよ」

彼女はすぐに返事をしなかった。

どうしたのかな。

僕は、何か変なことを言ったのだろうか。

「それって、私が特別ってことでいいのかな」

「え！　な、何言ってんだよ」

あまりにも突然なことに動揺したけど、彼女は僕をからかうように笑っていて、そん

な彼女に気付いた僕は、フンッという顔をすると、

「言っておくけど、見返り、忘れるなよ」そう告げた。

「あ、そうだった」

香澄は、すっかり忘れていたようで、しまったなという顔をしている。

浜辺の奥まで来たからか、人気がなくなり、僕たちの歩くシャリシャリという音、そして波の音、たまに車のクラクションの音だけが聴こえた。

月に雲がかかり、漆黒の世界になっていて、彼女の顔も近付かないと見えないほどだった。

「ねぇ由良君」

「ん？」

僕は彼女の方に振り返る。

彼女の冷たい指が僕の頬に触れ、そして、唇に柔らかい何かが触れる。

あっという間の出来事だった。

本当にあっという間だった。

暗すぎて、彼女がどんな顔をしていたとか、そんなものは見れなかった。

ただ、頬に触れた彼女の指の感触。唇に触れた彼女の温もりだけは、やけにはっきりと残っていた。

そしてそれが、僕が中学生の香澄を見た、最後だった。

♪

由良君のリサイタルを終え、彼に送ってもらい診療所へと戻った。辺りはすっかり夜を迎え、空には漆黒の闇を支配するように月がプカリと浮かんでいた。

「明日、課外授業だから集合時間、間違えないでね」

「そっちこそ」

「分かってるよ。じゃあ、また明日」

「うん、明日ね」

由良君の奏でるピアノの音は、今までに聴いたことのない音で、それが彼から発している心の音と調和し、不思議な奏でになっている。

でもそれは居心地の悪い音ではなく、とても心地よい、海の上を渡れるぐらい軽やかな音だった。

「香澄、帰ったの？」

診療所の裏にある別邸に行くと、お母さんが慌てて玄関へやってくる。

「話があるって言ったでしょ」

「分かってるよ」

私は乱暴に靴を脱ぐと、自室にしている和室へと向かう。

「分かってない。このままここに住んでたら寿命が短くなるの。だから人の少ない沖縄に行って頭を休めないと、私たちは」

以前から、何度も聞かされていたことだった。でもお祖母ちゃんが亡くなり、それが現実味を帯びてきた。

「だったら、お母さん一人で行けばいいでしょ！」

「香澄！」

「なんで私も行かないといけないの？　私はここにいたい、ここで暮らしたい。ここを離れたくない」

由良君と離れたくない。

あの音を聴いていたい。

彼の奏でる音をそばで聴いていたい。

彼の心の音を聴いていたい。

「そんなワガママ言わないで、お願いよ」

「なんで私ばっかりこんな目に遭わないといけないの？　お母さんだって、娘がこんな風になるって分かってるなら、産まなければよかったじゃない！　そのせいでお父さんにまで逃げられたくせに！」

ハッとしてお母さんの顔を見ると、今にも泣き出しそうな顔をしていた。心の音も乱れている。

言いすぎてるのは分かっていた。でも、言わずにはいられなかった。

私ばかり、どうして我慢しないといけないの。

どうして……。

私は、その場にいられなくなって、診療所を飛び出した。

目の前の坂を下っていき、学校前の道を通り過ぎていく。

もう、由良君は自宅に戻っただろうか。さっき会ったばかりなのに、また会いたくなる。会って、彼の心の音に包まれていたい。彼の穏やかな音を聴いていたい。

学校前の桜並木を通り過ぎて駅までやってくると、待合室のベンチに座った。ここ以外に行くところが思いつかなかった。

でもその時だった。突然つんざくような音が聴こえ、耳を塞ぐ。

振り返ると駅舎に一人の男性が入ってきた。見た目はサラリーマン風でスーツを着ているのだけど、男性の心の音は、漆黒色の邪悪な音をしていて聴いていられないほどだった。

グギャギガグギギギギギギガガガガ
グギャギガグギギギギギギガガガガ
グギャギガグギギギギギギガガガガ

あまりにも酷い音で再び耳を塞いだ。でも、頭の中に入り込んできた心の音は私を埋め尽くし、捉えて離さなかった。

立ち眩みがし、ベンチに倒れると、そのサラリーマンが、

「大丈夫？」と声を掛けてきた。

優しく誠実そうな声だった。それなのに心の音は邪悪で溢れていて、嘔吐《おうと》しそうになる。

清潔そうな髪型や着衣に柔和な笑顔。

そんなサラリーマンの手にはチケットが握られていた。明日出発の特急電車のチケットだった。

時間は、課外授業の私たちのクラスが乗る電車と同じ時刻で同じ車両。

どうして平日のその時間帯にサラリーマンが電車に乗るのだろう。

いや、もしかしたら、明日は休暇を取ったのかもしれない。

でも……。

「明日、その電車に乗るんですか？」

私はサラリーマンに質問した。男は突然の質問に、なんでそれを、何を知っている、何かを知ってるのか、そんな目で私を見ていた。

グギャグギギギギギガグフフフフギガギュ
グギャグギギギギギガグフフフフギガギュ

私の頭の中は、男の邪悪な心の音に支配されはじめ、我慢できず、その場に嘔吐した。

駅員さんが駆けつけてくれ、私は駅長室の中に連れていかれた。

男から離れ、ソファに横になると、音が静まり、私も落ち着いた。

一時間ほど休み、待合室へ戻ると、既に男の姿はなかった。

だけど、あのサラリーマンは、きっと明日、何かをするつもりだろう。

あの心の音は、他人に危害を加えようとしている音だ。

自分の悪意を他人にぶつけようとしている音だ。

私は翌日になると、駅へ急ぎ、公衆電話から警察に連絡した。

電車の時間や車両を特定したことで警察に質問されたけど、私は名乗らずに電話を切り、急いで学校へ向かった。

由良君には、課外授業の前に音楽室に来て欲しい、私が行くまで待っていて欲しいと伝えていた。彼には何が何でも、あの電車には乗って欲しくなかった。そして何より、私の能力に気付いて欲しくなかった。

由良君が音楽室に入るのを見届けると、私は外から扉に鍵を掛け、彼を閉じ込めた。クラスに行くと、担任の先生に、駅で変な人を見かけた。私たちが乗る特急電車のチケットを持っていた。だから電車には乗りたくない。乗らないで欲しい。そう伝えた。担任の先生は、なんで変な人だって分かるんだ。何が変だったのだ。何かを持っていたのか。しつこく聞いてきた。

まだ起きていないことを他人に伝えるのは難しい。

でも起こそうとしている人の心の音を私は聴き分けられる。

何度も何度も必死に伝えると、ようやく分かってくれ、私たちのクラスの課外授業は延期になった。

その後、私は由良君が待つ音楽室へは行かずに診療所に帰り、お母さんにこのことを話した。

お母さんも久米先生も息を吐き出すと、

「やっぱり沖縄に行きましょう」そう言った。

多分、全てが皆にバレてしまうから。

今までのように噂をされてしまうから、と。

離れたくなかった。ここから離れたくなかった。由良君から離れたくなかった。あの音をずっと聴いていたかった。彼の弾くピアノを聴きながら、彼の心の音を聴いていたかった。

でもそれ以上に、彼に、気味悪いと言われるのが怖くて、だからこそ私は由良君から離れることを選んだ。

13

本気を出し始めた太陽と蟬がとっておきの暑苦しさで歓迎する頃、僕は電車を乗り継ぎ、清澄白河にあるマンションに戻った。

たった数日留守にしただけなのに、彼女のいない部屋は、どこか寂しさを纏っていて、この世の終わりのような空気が漂っている。

それほど、香澄はこの部屋に馴染《なじ》み、僕にとってどれほど大きな存在なのか、思い知らされた。

香澄が使ってる部屋に入り、クローゼットから彼女の荷物を鞄に詰め込む。数ヵ月住んでいたはずなのに、彼女の荷物は増えておらず、やはり少なかった。

なんだか急に彼女が愛おしくなって、鼻の奥がツンとなる。早く彼女に戻って来て欲しい。そしてまた以前のように自転車に乗って、色んな場所に行って、夜眠る前は映画を観ながら寝落ちしたい。あの生活が戻るならば、僕は何だってする。

ふと、机の横を見る。アップライトピアノは、静まり返って、物置きに徹していた。僕は躊躇いながらも、荷物をどかし、屋根に置いてある鍵を手にし、鍵盤の真ん中にある穴に差した。

鍵盤蓋を上げると、ポフッという音と共に埃が舞った。シャツの袖で口元を押さえながら、赤いカバーをとると、白と黒の鍵盤が見える。

椅子に座ると、一つ音を鳴らし、もう一つ鳴らした。一年以上触れていないというのに、まるで主《あるじ》が帰ってくるのを待っていたように、音の調律はくるってていなかった。


『お願い亮介君、私のために、ピアノを弾いて欲しいの』


彼女が僕に弾いて欲しいと言ったのは、中学の時以来だった。

あの頃だって、たった一度しか頼まれなかった。

僕は、両手を組みマッサージをすると、ポキと関節が鳴り、恐る恐る鍵盤に触れる。

楽器は一日休むと三日休んだのと同じだと言われている。一年休んだ僕の演奏は三年休んだことになるのだろう。思うように指は動かなかった。そのせいで音が上手く弾まない。ポンという音が、ボンだったりヴォン。濁点がついたような音だ。音はズレていないはずなのに、どうやらピアノの機嫌が悪いみたいだ。

これは時間が必要かもしれない。

僕はピアノの機嫌をとるように、優しく、それでいて力強く、鍵盤に指を滑らせる。何曲か続けて弾いているうちに、鉛のような指が柔らかくなり、ある程度動くようになった。

先ほどまでの濁点が消え、バラバラだった音符たちが、蟻《あり》の行列のように行儀よく整列しはじめた。

物心つく前から一年前まで一日も休まずに練習してきたのだ。少し弾けば勘は取り戻せるはずだ。指にも自信が戻ってきたし、ピアノの機嫌も戻ってきた。

あの頃のようになるには、まだ時間が掛かるかもしれないけど、僕は、どうしても香澄の願いを叶えたかった。

「無茶をいいやがる」

　久米先生は盛大なため息をついたけれど、香澄のためなら仕方がないと渋々と承諾してくれた。

リサイタルを以前のようにジャズ喫茶店のキトンブルーでするか、それとも学校の体育館を借りるか、久米先生に相談すると、彼女を診療所から動かせないと言われたので、唯一思いついたのが、ピアノを診療所に運ぶことだった。

病室の前の庭に、キトンブルーからアップライトピアノを運び込んで、リサイタルを開く。それだと病室から移動せず、彼女は窓から覗いて見られる。

開催日は、週末、土曜日の十一時。もちろん天気予報は確認済みだ。二時間はさすがに厳しいので、一時間ノンストップ演奏をするつもりだった。

「ったく、近所に挨拶でもしとくか」

久米先生は、全くもってと、ぶつくさ文句を言いながらも、どこか楽しそうに診療所を出ていった。

彼女には、以前のように手書きのチラシを渡している。

「それまでに体調整えないと」

彼女は機嫌よさそうに笑っていたけれど、僕は緊張していた。

久しぶりにピアノを弾くというのもあるし、やはり誰かのために弾くのは、自分のために弾くよりも何倍も何十倍も労力が必要だ。

でも香澄のためなら、僕は頑張るしかない。いや頑張りたい。

リサイタル前日の夜、キトンブルーに顔を出し、アップライトピアノの調子を確かめた。

古いピアノだけど、調律師に手入れしてもらっているからか、丁寧に扱っているからか、ピアノの調子は良かった。

「無理言って、すみませんでした」

僕は店長に頭を下げたけど、店長は、

「いやいや、面白そうだからいいよ。俺も、ちょっと顔出すわ」そんなことを言ってくれた。

「その子ってさ、前にうちでやった時と同じ子なんだもんな。なんかそういうのいいよな。純粋っていうか純情っていうか青春っていうかさ」

「そうですか？」

僕はなんだかむずかゆくって、ははっと頭を掻いた。

翌日は朝から晴天で、蟬の騒がしい合唱が聴こえる中、計画通りにアップライトピアノをキトンブルーから診療所の庭に運び、香澄の病室から見える場所に配置した。

中々な大がかりな作業だったけど、店長が知り合いの建築業者を紹介してくれて、クレーン付きトラックでの運搬を格安で引き受けてもらった。

パジャマにカーディガンを羽織っている彼女が、その一部始終を物珍しそうに窓辺で眺めていた。

ピアノの配置が終わると、僕は燕尾服《えんびふく》に着替え、十一時になると、ピアノの前に立った。

何故か分からないけれど、いや多分、久米先生が近所に挨拶に行ったからか、診療所の周りには見物客が多く立っていた。

診療所の庭は、道沿いにあるので、垣根の上から覗き込んでいる人も見える。

こんなにも人が集まって彼女は大丈夫なのかなと心配になったのだけど、久米先生は、「そんなところに立ってると邪魔になるから、敷地内に入って」

なんて余計なことを言うものだから、庭は人で溢れ、僕の周りには、自宅から持ち寄ったダイニング用の椅子や折りたたみの椅子に座ったお婆《ばあ》ちゃんやお爺《じい》ちゃんが集まっていた。

まるで統一感のない椅子に座りながら、近所の人たちは、「で、誰のコンサートなんだ?」なんてミーハーな顔を出す。

一応、香澄のためのリサイタルなんだけどな、と病室に目をやると、彼女は楽しそうに近所の人と話していて、大丈夫そうと、僕は安心するのと同時に、こんな大がかりにするつもりなかったのになと、もうどうにでもなれと覚悟を決め、

「ではこれより、由良亮介リサイタルを開催します」と自ら進行を始めた。

彼女は病室の窓辺で顔を出している。

カーテンがパタパタと風で揺れ、彼女が見え隠れする。それを見た看護師さんが、カーテンを紐《ひも》でくくり、いよいよ準備万端になった。

ここから見ても彼女の茶色い瞳が輝いているのが分かる。ワクワクと胸を高鳴らせているのが分かる。

そんな顔を見て、僕も安心する。大きな拍手が客席から鳴り彼女も拍手した。僕は手を組むと、マッサージをするように手を握る。

借りてきたアップライトピアノは、太陽の下で、生き生きとしている。本来なら楽器に直射日光はよくないのだけど、彼女のために少しばかり力を貸して欲しい。

香澄のために選んだ曲は、以前開いたリサイタルと同じものだ。あの頃を思い出す意味で選曲した。

映画『ティファニーで朝食を』から『ムーン・リバー』。

映画『ピノキオ』から『星に願いを』。

映画『オズの魔法使い』から『オーバー・ザ・レインボー』。

ドビュッシーの『夢』。

ドビュッシーの『月の光』。

そして、音楽室で弾いた曲たちも付け加える。

キトンブルーのアップライトピアノは、店長の言う通り、調律師を定期的に入れているからか、場所を変えても機嫌が良さそうだった。むしろ久しぶりだな、と僕を歓迎しているようにも見える。

ピアノと上手く対話できてるようで、僕らの共同作業は成功だろう。

この日のために僕は練習を重ねた。香澄に聴かせるのだ、当たり前だけど適当なものは聴かせられない。一年以上休んでいた反動なのか、練習は苦痛ではなく楽しく弾けた。いや、むしろ抑えきれなくなった。

会社を退社後、清澄白河に帰るとすぐに練習をし、それは眠る直前まで続いた。朝も三十分の練習をしてから出勤し、昼はイメージトレーニングをした。

そこまでしないと、彼女には聴かせられなかった。

猫を撫でるような優しい手つきで鍵盤を滑らせ音を奏でると、僕の作り出した音たちは空の彼方《かなた》に舞った。

ホールと野外では、音の伝わり方がまるで違う。室内は音が反響し、跳ね返ってくる音と繰り出される音が融合して、また違う音を作り出す。

だけど野外では、跳ね返る壁も天井もないから、その時に作り出された音だけが勝負だ。


それに、自動車や救急車、消防車のサイレンの音。風に揺れる葉の茂みの音。動物たちの鳴き声。トンビの声。蟬の声。それらがピアノの音と調和され、不思議な音が響く。

ちらりと病室の窓を見ると、彼女は僕の音に酔いしれるような、うっとりと、それでいて何一つ逃すまいという顔をしていた。

自分のために弾くピアノと、誰かのために弾くピアノでは、心構えも意欲もまるで違う。

それを教えてくれたのは、昔も今も、彼女一人しかいない。

一時間、ノンストップで弾くと、さすがに指が痙攣《けいれん》しそうな鈍さを感じた。

息を吐き立ち上がると、どこからともなく拍手が起き、僕を優しく包んだ。

久しぶりの温かい拍手に、むくむくと感情が高まっていくのを僕はこの時、嫌というほど感じていた。

「亮介君は人に幸せを与える側なんだよね」

ピアノをキトンブルーに返却し、診療所に戻ると、病室にいる香澄は興奮気味に話した。

高揚感からなのか、彼女の顔が青白い色から薄ピンク色になっていて、僕はホッと胸を撫でおろす。

「僕が？　与えるの？」

「うん。人には、他人に幸せを与える側と、与えられる側がいると思うんだよね。亮介君は与える側なんだと思う。今日のお客さん見たでしょ？」

演奏が終わり、僕が挨拶をしても観客は中々帰らず、次はいつ演奏するのか、どこでやるのか、名前は何というのか、そんな質問が飛び交った。

久米先生は、面倒そうにして、

「こいつは由良亮介っていいます。また次があったら、診療所にポスターでも貼りますので、いつでも来てください」

と適当にあしらっていた。近所の人にはもっと優しくした方がいいんじゃないかと思ったけど、どうやらそれが通常運転の久米先生のようだった。

「僕、与えてるんだ、知らなかったな」

「大概、本人は知らないものよ」

「そういうもの？」

「うん。そういうもの」

僕は、そうなんだ？　と香澄の顔を覗き込む。

「香澄は？」

「私？　私は……与えられる側じゃないかな？」

「そうなの？　僕は香澄から色々与えられてるけど」

「え？　私、与えてる？」

「うん」

「それは、知らなかったな」

「大概、本人は知らないものだよ」

「あっ」

彼女は、自分の言葉を繰り返されたと気付き、もう！　と頬を膨らませる。

穏やかだった。一緒に暮らすマンションで、いつものように眠る前に映画を観て、あでもないこうでもないと感想を言い合うような、そんな穏やかさだった。

「ねぇねぇ、亮介君」

「ん？」

「もう一つお願いがあるの」

「うん、何？」

「明日の朝方、抜け出さない？」

大人になって鳴りを潜めていた彼女の好奇心旺盛な素顔が、ここに来て急に顔を出す。

「でも、久米先生にバレたら」

臆病な僕の素顔も出た。

無理させるな。口うるさく久米先生に言われているのだ、見つかったらただでは済まないだろう。

「だって体調も良くなったし、海が見たいんだもん」

「……だもんって言われても」

「ね、お願い、亮介君」

「……分かったよ」

「やったね」

彼女の望みを叶えるのが僕の使命だとはいえ、これはどうすべきなのだろうか、そんなことを思いつつ、結局僕は、彼女の言う通りにしてしまうのだろう。

車いすがどこにあるかは把握済みだし、久米先生が何時に寝て起きるのかも知っている。あとは約束の時間に彼女を迎えに行くだけだ。

翌日の早朝。僕は午前四時になると、泊まらせてもらっていた別邸から診療所へとやってきて庭から病室の窓をコンコンと叩いた。

レースのカーテンがはらりと動き、窓が音を立てず静かに開くと、私服に着替えた彼女が顔を出す。

彼女は、声を出さずに身振り手振りで入り口を指さすと、僕も声を出さずに頷いて移動する。

診療所の鍵を彼女が開け、僕は待合室の端に置いてある車いすを持って、そろりそろりと外に出た。

鳥すらも寝静まっている暗い空に、朝刊を配るバイクの音だけがこだまする。

そんな中、彼女を乗せた車いすを押しながら、僕は坂道を下った。

彼女は病室に飽き飽きしていたのか、気持ちよさそうに手を広げ、今にも鳥のように空へと羽ばたきそうだった。

気付かれていないか、ビクビクしながら振り返るも、診療所から誰かが出てくる様子はない。

安堵の息を吐き、僕は一度立ち止まると、リュックサックからブランケットを取り出して彼女の膝に掛ける。

「ありがとう」

「寒くない？」

「うん。大丈夫」

「本当に？」

「うん」

「本当だよね？」

僕は何度も確かめる。彼女は、プッと吹き出して、「大丈夫だよ」と返事をした。

「分かった」「うん」とお互いに頷くと、僕たちは、再び海に向かった。

こんな風にコソコソと人の目を盗むなんて、何だか学校を抜け出して、授業をサボっている学生のようだ。

二十三歳の大人がすることではないと思いつつ、大人って何歳から言うんだろうな、なんて言い訳めいたことも考える。

坂を下り、国道の下のトンネルを抜け、砂浜までやってくると、僕はリュックサックを前に移動させる。

車いすを折りたたむと、邪魔にならない場所に置く。そして膝をつくと彼女を背負った。

「重くない？」

彼女は心配そうに聞いたけど、本音を言えばもちろん大変だ。首に彼女の全体重がのしかかって苦しくなるし、腰だって痛い。でもそんなカッコ悪いこと言える訳もないので、

「大丈夫」と歯をグッと食いしばる。

砂浜に、僕と彼女の重さの分の足跡が付いていく。

朝日までは、まだ時間があるから辺りは暗闇に支配されているけれど、波の音がざぁざぁと聴こえ、暗闇の怖さよりも海の音の心地よさを感じた。

「この辺でいい？」

「うん」

僕は彼女を背中から下ろすと、リュックからレジャーシートを取り出し、「座って」と彼女を促した。

「朝日、あと一時間ぐらいかな」

色んな準備をしている間に、空全体が薄っすらと明るくなってきて、東の空が薄水色になっている。海は絶え間なく音を流し続けている。リピート再生が壊れて繰り返されているみたいに。

夏のピークが終わった海は、どこか寂しさを纏っている。多分、祭りのあとに似ているからだと思う。人々の楽しい時間が終わり、熱狂から醒《さ》めた虚脱感。あれにとても似ている。

膝を抱え、海を見つめる彼女の肩に、ブランケットを掛けると、僕は隣に座った。

「どうしたの？」

隣にいる彼女が心配そうに僕の顔を覗き込む。

「亮介君、なんだか、静か」

彼女は、僕の中にある、不安やそのほかの色々に気付いている。隠そうと思っても全ては聴こえているのだろう。でも僕はそれを誤魔化すしかない。

「うん……海の音を聴きたくて」

「そっか……ねぇ、前もここに来たよね、覚えてる？」

「もちろん」

「懐かしいね」

「うん。やっぱり外は気持ちいいなぁ」

久米先生はどうしても外出を許してくれなかった。だからこうやって朝方に抜け出してきたのだけど、先生は彼女が沢山の人の音に触れると倒れてしまうと懸念しているのだと思う。

今、こうしている間も、彼女には僕の心の音が聴こえているはずだ。それだけではない、道行く人、家の中にいる人、そういった全部の人の音が聴こえているのだろう。

自分の意思とは関係なく、常に音が聴こえ続ける世界とはどういうものなのだろう。

音が好きで、奏でていた僕にはそれが分からない。

人の心の音はどんな感じに聴こえ、海の音はどんな風に聴こえ、動物たちの音はどう聴こえるのだろう。

「どうしたの？」

香澄は、僕の心の音に気付いたのか、覗き込むように僕を見てきた。

「ん？」

彼女が眉を下げ、心配そうな顔をして僕を見つめる。きっと今、僕の音は、疑問、不安、そんなものがグルグルと混ざった音になっているのだろう。だから、香澄は心配そうな顔をしているのだろう。

「香澄には、心の音は、どんな感じに聴こえてるのかなって思って」

ずっと苦しんでいた彼女に、こんなことを聞くのは、失礼でデリカシーがないのかもしれないけれど、僕の心の全ては知られているのだから、素直になるしかないのだろう。

香澄は、空を見上げ、どう説明しようかと考えているようだった。横から見ても、薄茶色の瞳が揺れているのが分かる。

「心の音はね、人それぞれ違うの。たまに似たような人たちもいるけれど、それでも指紋や耳の形と一緒で、全く同じ人はいないの」

「そうなんだ」

「でね、それは持ち主の感情によっても色々変化するんだ」

「そっか……ねぇ、僕の音ってどんな感じ？」

「亮介君の音は、鈴のような音かな。その音が、ピアノの音と混ざると不思議な気持ちになるの。何だか懐かしくて、優しい気持ちになって、ずっと聴いていたいなって……」

彼女は、それきり口をつぐみ、長い長い沈黙が訪れた。

東の空が水色から青紫のグラデーションで染まっていく。徐々に陽《ひ》が昇り始めると、ちょっと離れた砂浜にサーファーが現れ、沖を目指し泳いでいくのが見えた。

波の音に加えて、通勤する人が徐々に増えたからか、車の走る音が聴こえ始め、トンビの鳴く声が聴こえ始めた頃、僕は隣にいる彼女を抱き寄せた。

何の脈絡もなく、突然に。

彼女に、僕の音が聴こえるように、僕にも彼女の音が聴こえたらいいのに。

そうすれば、彼女の考えていることが分かるのに。

お願いだから、僕から彼女を奪わないで欲しい。

お願いだから。

彼女の冷たい頬が僕の温もりと溶け合い、心地よい温もりが僕にも伝わってきた。

「ねぇ、亮介君」

「ん？」

「ピアノ続けて欲しい」

僕は、ハッとして香澄の顔を見つめる。

「亮介君は、本当はお母さんのことを嫌いではないし、ピアノもずっと弾きたいと思ってるよ。だからピアノを弾き続けて欲しい」

「それって……僕からそういう音が聴こえるってこと？」

「うん。それに……亮介君のピアノは誰かを幸せにすると思う。だから続けて欲しい」

彼女の茶色い瞳が僕を逃すまいと、しっかりと捉える。

だから僕は、素直に、

「分かった」

そう返事をした。


♪


彼の奏でる音は四季を感じる。

ピンク色の桜の花びらが落ちていく音。

太陽を存分にあびる青々とした海の音。

赤や黄色の葉が落ちていく切ない音。

雪原の風でサラサラと雪が流れていく音。

そんな彼の奏でる音に、彼から鳴る音が混ざりあう。

シャラランラン
シャンシャンシャン
シャラランラン
シャンシャンシャン

緩やかで温もりを感じる旋律は私を包み、雑音の世界から穏やかな世界へと連れ出してくれる。それは私が随分前から求めていた世界で、どこにも存在しないと思っていた世界だった。でも、それを彼は易々《やすやす》と超えてくる。

そして全ての音は、私だけのものではない。沢山の人にも伝わる音だ。

彼の優しさ。喜び。楽しさ。悔しさ。虚しさ。悲しさ。全て。

彼が音を奏でるたびに、観客たちの心の音が嬉しそうに鳴っていた。

私にはそれが聴こえている。

早く気付いて欲しい、あなたの音は人を幸せにすると。

人を優しく受け止め、幸せを与えると。

そしてそれは、あなた自身も求めているのだと。

14

リサイタルから数日経った仕事終わり、彼女の病室で消灯の時間が迫り、彼女に「おやすみ」と別れを告げると、待合室の椅子に久米先生が座ってお茶を飲んでいた。どこか所在なげな顔をしていて、ボーッとしている。

「先生？」

声を掛けると、ようやく僕に気付いたようで、

「おう」と手を挙げた。

先生は、振り返って彼女の病室を確認し、

「ちょっとこっちいいか」と別邸へと僕を促した。

「香澄のことなんだけどな」

先生の淹れてくれたコーヒーは酸味があって、香澄が淹れてくれたものとはまるで違う味だけど、それでも美味しかった。

「あんまりよくないんだ」

コーヒーをすすりながら、先生は神妙な顔をしている。でも僕は、そんな先生の声を

うまく呑み込めずにいた。

「でも、顔色よくなってたし」

「やせ我慢してるんだろ」

「そんな……」

「あいつは隠すのが上手いからな」

自分は香澄をよく知ってると言われているようで、どこか面白くない。でも確かに僕はそれにも気付かず、回復しているのだろうと勘違いしていた。

「どうすれば、香澄は治るんですか?」

「治す、治すか……音のことは聞いたんだよな?」

「はい。心の音が聴こえるって。音が頭の中でずっと鳴っていて、そのせいで頭が疲れるって」

「あの子の祖母がここに入院してたのは知ってるな?」

「はい。そのために転校してきたって言ってました」

「俺の親父《おやじ》が主治医だったけど……どうすることも出来なくてな、俺も色々勉強して何か治療法はないかって調べたけど無理だった」

僕は、すがるように先生に顔を向ける。

「僕に何か出来ないんですか?　香澄のためだったら何でもします」

「結局は遅らせるとか、そういう方法しかないんだ。なんていうか……無力さを感じるよ」

久米先生は、悔しそうな、それでいて泣き出しそうな顔をして、

「まぁ、そういうことだから、覚悟しとけよ」それだけを呟くように言い、診療所へと戻った。

診療所を出て振り返る。彼女はもう眠りについたのか、病室の灯りは消えていた。鎌倉の夜は早く、午後九時になると店の灯りは殆ど消えていて辺りは静かだった。いつもいるトンビの声も夜だと聴こえない。海から少し離れているからか、波の音も聴こえなかった。

少し歩くと、僕たちが通った中学校が見えた。当たり前だけど誰もおらず、学校も真っ暗だった。

彼女と初めて会った時の桜は、今は葉しかなく、風もないからか静まり返っている。本当に何の音も聴こえず、この世に自分しかいないとさえ思えた。

見上げると、まん丸とした月だけが僕を照らしていて、中学生の頃に彼女が言っていた言葉を思い出した。

「そっか、月に音はないのか。それって……悲しいような、でも嬉しいような」

音のない世界なんて僕には想像もつかない。音を奏でる側の演奏家にとって、それは苦痛そのものを意味している。だけど、彼女はそんな世界が悲しくて嬉しいと言っていた。常に音が鳴っている彼女にとって音のないその世界は、安らげる場なのだろう。

そして今、満月が照らす世界は、僕をやけに冷静にさせる。

ピアノを演奏する以外で、僕が彼女のために出来ること。

その答えは、考えるまでもなかった。


週末。診療所に行くと、ドア部分に、『由良亮介君は、別邸へどうぞ』と彼女の繊細な字で書かれた張り紙があった。

僕は首を傾げながら、診療所の脇を通って、裏の別邸の玄関へとやってくる。年代物のチャイムを押すと、すぐに「は〜い」という声が聞こえた。香澄の声だった。

ドアを開けて出てきた彼女は、シャツワンピースにエプロンを着けていた。

「どうしたの?」

久しぶりの彼女のエプロン姿に僕が驚いていると、

「今日は、亮介君のために、ご馳走を作りました!」そう言って、僕の手を引っ張って

「早く早く」と中に招き入れる。

別邸のリビングには、オムハンバーグにサラダにスープ。他にも、好物ばかりが並んでいて、僕は目を丸くする。

「これ、一人で作ったの？」

香澄の手料理は久しぶりだった。

「うん、そう」

「体、大丈夫なの？」

「これぐらい平気だよ」

目の前にいる彼女は、確かに、どこからどう見ても健やかで、再会した頃のようにピカピカに光っている。でも、それも彼女の強がりで、苦しみを僕には見せまいとしている努力の賜物《たまもの》なのだろう。

「さぁ、座って座って」

彼女は僕を椅子に誘導し、自分はエプロンを取ると、向かいに座った。

「あれ、久米先生は？」

「今日は一日いないよ」

「そうなの？」

「うん。あ！　亮介君、私と二人きりは嫌なの？　久米先生にいて欲しいの？」

彼女は、子供のようにいじけた顔をした。

「いや、そういう意味じゃなくて」

ふふっと分かってるよという笑顔になり、彼女は、

「さぁ、食べましょう」と機嫌を直した。

入院するようになって、細かった彼女は一段と細くなった。それなのに、僕の目の前にいる彼女は、美味しそうにご飯を食べるし、僕と同じくらい量も食べた。

そんな彼女を見ると、やっぱり久米先生の間違いなんじゃないかって思ってしまい、心にしっかり決意したはずのものが、ガタガタと崩れて行き、立て直すのに苦労した。

「今日のオムハンバーグ、上出来じゃないかな？」

彼女の手料理の中で一番好きなものは、このオムハンバーグだ。若い二十代の時しか食べられないんじゃないかってほどのカロリーをしてそうなこの料理を、僕は好物としている。特に彼女の作ったオムハンバーグは、その辺の洋食屋よりも数十倍美味しい。

以前、彼女に言うと、

「そりゃあもちろん愛情がこもってますから、その辺のお店と比べてもらっては困りますよ、お客様」そんな声が返ってきた。

「うん、美味しい。今日のは、今までの中でも一番美味しいよ」

黄金色のとろとろなオムライスを一口頰張り、僕がそんなことを言うと、彼女はエッ

ヘンという顔を作って、「そりゃあ、愛情がこもってますから」と同じことを言った。

「ハンバーグの方は？」

ナイフとフォークを使って、ハンバーグを二つに切ると、ジュワッと肉汁が出てきて、食欲をそそった。一口サイズに切り、頬張る。肉汁が口の中に充満し、腹も心も満たしてくれる。そんな僕の様子を彼女は満足気に見ていた。

「どうしたの？」

「初めて、亮介君とデートした時のこと思い出してたの」

「蔵前のこと？」

「そう、東京のブルックリン」

僕たちは、顔を見合わせて笑う。

蔵前はアメリカのブルックリン。鎌倉はフランスのパリ。清澄白河はイタリアのヴェネチア。これは僕たちにしか分からない暗号みたいなものだ。

「私、あの時、本当に緊張してて、前日眠れなかったんだ」

「そうだったの？」

「うん。それに亮介君、きっと中学生の頃の私にいい思い出ないだろうから、まさかOKしてくれるとも思ってなかったし」

「いやいや、僕の方こそ、反抗期真《ま》っ只中《ただなか》で、いい思い出ないだろうなって思ってたし」

「そんなことないよ」

彼女はやけにきっぱりと言い切る。そんなことで、僕の過去は救われるから不思議だった。

「むしろ沢山助けてもらった思い出しかないよ」

「それならよかった」

「うん。それに、一緒に暮らし始めてからは、もっと助けてもらってる。沢山色んなところに連れてってもらったし。中学生の頃もそうだけど、私は今も亮介君にいい思い出作ってもらってるよ。自転車も乗りこなせるようになったし」

そうやって楽しそうに話す彼女を見ていられず、僕は顔を伏せた。

これからすることを、僕は後に悔やむだろうか。

電車を待っている時や信号待ちをしている時に、ふと思い出し、なんであんなことを言ったのだろうと後悔するだろうか。

そして、寿命が来て、死ぬ間際にも思い出し、後悔するのだろうか。

「亮介君?」

ハッとして顔を彼女に向ける。どうしたの？　という顔をしている彼女は、マンションにいた頃と変わりない。

好奇心旺盛で、やったことのないものは無理してでもやり通したい、行ったことのない街は時間を掛けてでも行く。僕はそんな彼女と、この先ずっと一緒にいられると思っていた。

ふと今、この空間は、僕たちの未来を描いているのではないかと錯覚する。僕たちは結婚して、地元の鎌倉に戻って古い一軒家に住み、食卓を囲む。そして子供が出来て、あっという間に歳《とし》をとって、子供たちにも子供が出来て、僕たちはそんな家族に恵まれて、年老いていき、いつの間にか寿命を全《まっと》うしている。

そんな普通で、平凡な未来を夢見ていた。

彼女との未来を思い描いて、決意がグラグラと揺らいでいくのを感じていた。

「亮介君、本当に大丈夫？」

彼女が、ティッシュを一枚渡し、僕は「え？」と自分の頰に触れる。

僕は、知らない間に涙を流していたのに気付いた。

「ごめんごめん、何でもないんだ」

ティッシュを受け取り、涙を拭うも、彼女はどこか納得していない様子で、僕を見つめていた。

後片付けは僕が担当になった。食器を全て洗い終わると、別邸を出て、診療所へと向かう。

古い廊下がギシギシと鳴るたびに、本当にいいのか、後悔しないか、と決意を邪魔するような輪唱をされてる気がした。

大丈夫、後悔はしない、絶対にしない。僕は決意が揺るがないように、自分にしっかりと言い聞かせる。

病室の前までやってくると、ノックをし、静かにドアを開ける。だが、そこに彼女はいなかった。

どこにいったのだろう。

辺りを見渡すと、風で微かに揺れるカーテンの先に、彼女がいるのが目に入った。

夕闇の中、カーテンで見え隠れする彼女は、遠目で見ても美しく、儚い存在だった。

僕は、病室を出て、玄関へと向かう。

本当にいいのか、後悔しないか、本当にしないか、再び輪唱され、そのたびに、また僕は、自分にしっかりと言い聞かせる。

時間が経てば経つほど、僕の決意は揺らぐ。だから、急ぎ足になってしまったけど、心のどこかでは、引き留める自分もいて、そのたびに、いや駄目だと、また言い聞かせた。

彼女は、庭にあるベンチに座っていた。そして、声を掛ける前に、僕に顔を向ける。

その顔は、何かを感じ取っていて、彼女は強く口をつぐんでいる。

彼女はこれから僕がする話を、既に分かっているのだろう。

僕の心の音を聴いて、気付いているのだろう。

「隣、いいかな？」

「……うん」

僕は香澄の隣に座る。

頭上ではトンビが声を出しながら旋回していて、山に帰っていく準備をしている。その声で、僕はようやく冷静になった。

「話があるんだ」

彼女は、僕を無視するように真っ直ぐ前を見ている。見てたまるかという意志も感じられる。彼女の太ももの上に置いてある白い手が微かに震えていた。

「聞いてくれる？」

彼女は、真っ直ぐ前を見ていた目線を、自分の太ももに落とし、ようやく小さく頷いた。

そのまま透き通ってしまいそうな儚い横顔に、僕も彼女を見ていられずに、下を向いた。

冷静でいたはずなのに、今、これからする話の決意が中々つかなかった。互いにぷっつりと黙ったまま、どのくらい経っただろう。

旋回するトンビの声だけが、僕たちの間に響いている。

あくまで冷静に、感情的になってはダメだ。平静を装うんだ。表面だけではない。心の中も。じゃないと彼女に全てが知られてしまう。

「ピアノに集中したいんだ」

香澄が、ゆっくりと顔を上げ、僕を見た。

でも、僕は、香澄とは目を合わせずに、そのまま続けた。

「だから、別れて欲しい」

「……私が邪魔？」

香澄の声は微かに震えていた。

胸が締め付けられる。不安に駆られた彼女の声を聞くだけで、前言撤回したくなって、嘘だから、と彼女の笑顔を取り戻したい。

だけど僕は、自分の強固な意志を伝えるために、彼女の方を向いた。彼女も僕を見ていた。

心を乱してはいけない。

これ以上、乱してはいけない。

「亮介君が頑張るのに、私は邪魔？」

そんなことない。そんなことある訳ない。

「うん」

「本当に？」

違う。嘘だ。

「うん」

「そっか」

彼女はどこか納得していない顔をしていた。僕は、これじゃダメだと、もっと核心をつく言葉を告げなければと、禁断の言葉を思い浮かべる。

何度も何度も葛藤し、僕は目を閉じると、ようやく、

「それだよ」そう呟いた。

「本当の理由は、それ」

今度はハッキリと声に出した。

僕が目を開けると、彼女は、ハッと平手打ちをくらったような顔をしていた。

「自分の全てを見透かされているようで、香澄のそばにいるのが怖い」

僕は、息を吐き出す。

「僕の心が読まれてるかと思うと気味が悪い」

彼女は唇を震わせ、苦しそうに俯く。

「だから……別れよう」

彼女と家族になりたかった。一緒に笑って泣いて寄り添って、そんな簡単そうなことが、どうして出来ないのだろう。

僕は、それきり口をつぐみ、彼女の返事を待った。

長い長い沈黙が僕たちの間に再び訪れる。

太ももの上にある彼女の指がピクリと動き、力強い拳を作ると、彼女は立ち上がり、僕の前に立った。

「分かった」

やけにさっぱりとした声だった。

僕は、ゆっくりと視線を上げて彼女を見る。

夏終わりの夕暮れの陽光が、彼女の虹彩をさらに美しく照らし、真っ直ぐに僕を見つめ続ける。

それは、曇りのない瞳だった。

「亮介君、もうピアノを辞めないでね」

「うん、辞めない」

「約束よ」

彼女の茶色い瞳が大きく揺れ、波打つように静かに潤んでいく。

「分かった。約束するよ」

静かに瞼を閉じると彼女の目から、何粒も涙が流れ落ち、頬を伝っていき、彼女のサンダルにポタポタと何度も落ちた。

強く抱きしめたい衝動に駆られながらも、僕は必死に我慢し、そのまま椅子に座り続けた。

僕たちの頭上をトンビはいつまでも飛び続け、嘘まみれの僕の一日はこうして終わりを告げた。

𝄞

それから数日後。香澄が沖縄の島に帰ると、久米先生から聞かされた。

カタカタカタ
カタカタカタカタ
カタカタカタカタカタ

彼の心の音が小刻みに揺れていた。全身から響く心の音が、全ては嘘なのだと物語っていた。

気味悪い。
嘘だ、そんなの嘘だ。
別れよう。
嫌だ、別れたくない。
離れよう。
ダメ、離れたくない。

どうして、どうして僕たちがこんな目に遭うのだ。
悲しい、無理だ。
だけど、助けたい。
彼女を助けたい。

でも僕と一緒にいてはダメなんだ。

彼女と離れたくない。

でも離れなければいけない。

ここにいてはダメだ。


彼の心が泣いていた。

私に酷い言葉をぶつけるたびに、彼の心の音が大きく揺れ、苦しいほどの悲鳴を上げ、泣いていた。

言葉とは裏腹に、彼のあらゆる感情が聴こえてきて、私の頭の中を埋め尽くし、私も叫び出しそうになる。

でも私は、

「分かった」と返事をし、沖縄に帰るのを決めた。


沖縄に戻る日。久米先生が空港まで見送ると言ってくれたけど、随分と迷惑をかけたのに、診療所まで休んでもらうのは申し訳ないとそれを断った。説得するのに苦労したけれど、朝早い時間だったら人も少ないから、そう無理やり押し通した。

「何かあったら、すぐに連絡しろ、玉ばぁにも言っておくから。それと、お母さんの一周忌には顔出すからな」

「うん、ありがとう」

私は、久米先生に頭を下げると、少ない荷物を持って診療所を出た。表の道まで出ると診療所を見上げる。

ここをこうやって出るのは二回目だった。前回は中学時代、あの時はお母さんがいたけれど、今回は一人。

私は、いつもこうやって出ていかなければいけない運命なのだろう。

診療所の前の道を駅に向かって歩いていく。すぐに中学校が見えてきて、その前の桜並木に差し掛かった。

ついこの間まで青々としていた葉は、いつの間にか赤く染まっていて、トンビが空高く飛び、寂しそうにキューンキューンと鳴いていた。

桜並木に沿うように校舎があり、音楽室が見えた。

あの場所で、私は由良君の音に導かれ、彼と出会った。

シャラララララン
シャラララララン
シャラララララン

ふと、彼の心の音が聴こえたような気がして、辺りを見渡す。
もしかして、見送りに来てくれたのだろうか。
でも、それは勘違いだったようで、辺りには誰もいなかった。
来る訳がない。私がここを出て行く日も時間も知らないのだから。
ふと、頬に水のようなものが流れ、触れると、それは涙だった。自分でも気付かない
うちに涙が流れ、それはとめどなく溢れ出た。

シャラララン
彼がピアノに触れた時の心の音が好きだった。
サクサクサクサク
彼がご飯を食べる時の心の音が好きだった。
シャンシャンシャン
私と会ってる時の彼の心の音が好きだった。

どうして、私はこんな能力を持っているのだろう。

どうして、私は由良君と一緒にいられないのだろう。

どうして、私はいつも一人ぼっちになってしまうのだろう。

どうして、どうして、どうして。

両手で耳を押さえ、誰も答えてくれない問いを、私は何度も何度も繰り返した。

15

「ゆっくり元に戻していきましょうか。と言いつつもコンクールはすぐそこです。急ぎましょう」

坂元先生の目は穏やかだったけれど、今までの遅れを取り戻す気満々で、それは僕も同じだった。

香澄との約束を守るためにピアノを再開したけれど、多分僕は、自分が頑張れなかったことを誰かのせいにして、辞める理由を探していただけなのだと思う。そして、いくら理由をつけても、結局は、ピアノを弾きたくなるのだ。

鞄からノートを取り出し、先生のアドバイスを記入する。このノートは蔵前で彼女が僕のために選んでくれたノートだ。

ピアノの鍵盤に音符の絵柄がついている名前入りのノート。

ピアノを再開してから、このノートを使い始めていた。

平日の夜、そして土日は先生の自宅で過ごした。泊まり込むこともあった。そこまでしないと遅れは取り戻せなかった。

先生は容赦なく僕を指導し、僕もそれを望んだ。考える時間を作れば、彼女を思い出してしまうからだった。


「は？　別れた？　一体いつの間にそんなことになってんだよ」

城内が十日間の新婚旅行から戻ってきた。そしてあまりの状況の変化に追いつけないと言いたげに、顔を歪ませている。

「まぁ、うん。でもこれが彼女にとってもいいことなんだと思う」

会社の廊下にある休憩スペースで、コーヒーを飲みながら、僕は香澄と別れた話を城内にした。

もう夏は終わったはずなのに、午後の日差しがこれでもかと照らしてきて、やけに暑かった。

「なんだよそれ、香澄ちゃんが言ったのか？」

「いや、まぁ、それは……でも、そうするのがいいんだ、彼女も分かってるよ」

「嘘だね。また自分で勝手に解釈して勝手に諦めるんだろ。それで数年後にどうせ後悔するんだろ？　覚えてるだろ後悔の話」

城内から繰り出される言葉に、言い返す気力もない。

「居場所、分かってるんだろ？」

「……うん」

城内は僕の煮え切らない態度にムカついたのだろう、

「だったら、なんで迎えに行かないんだよ」と怒鳴った。

「こっちにいるよりも、向こうにいた方がいいんだ、その方が長生き出来るんだ」

「長生き？　なんだよそれ意味わかんねぇよ、好きな奴と一緒にいた方がいいに決まってるだろ、病院とかだって整ってるし」

「だから、それが出来ないから……」

城内は、「あぁもう！」と苛々《いらいら》したのを隠そうとせずに、舌打ちをした。

「お前、もう知らねぇよ。根性無し」

新婚旅行のお土産を「返せよ」そう言って僕の手から奪い、休憩室をどかどかと音をたてて出て行った。

忙しいと彼女を忘れられる。人と話していると彼女を考えないでいられる。仕事をパンパンに詰め込み、仕事の後はピアノの練習を毎日入れた。そうすれば彼女を思い出さなくて済むと思った。

その日、営業の帰りに報告書を書くためにカフェを探していると、彼女の勤めていたコーヒーショップが目に入った。

もうずっと避けていた場所だった。

「いらっしゃいませ」

店に入ると、いつものように店員さんが元気よく挨拶をする。でもそこには当たり前だけど、彼女はいなかった。

彼女の仕事が終わるのを何度も待った場所。

何度も待ち合わせをし、何度も一緒にお茶をした場所。

いつものようにブレンドを頼み、二階席へ上がると、辺りを見渡すように一周する。

でも、そこにも香澄の姿はない。

彼女がいなくなってから、こういうのが度々あった。

どこに行っても、彼女の姿を探していた。

またどこかで、再会して、偶然だねって笑い合えるんじゃないか、そんなことを考えてしまう。

彼女を遠ざけたのは僕なのに、そうやってまた偶然会えるんじゃないかって。

「ありがとうございました」

突然声が聞こえて、ハッと我に返る。

女性の店員さんがダストボックスを片付けながら客に声を掛けていた。

ふぅとため息をつき、コーヒーを飲むと、苦味が口の中に広がっていく。

音を奏でる僕と音が聴こえる彼女。ここで再会した僕たちの物語は、こうして終わりを告げた。


「まだ無色透明ですか?」

その日、練習が終わると、先生は突然僕に聞いた。

何色の音を弾いているのか。そして、先日のコンサートで自分は無色透明だと口走ったことを先生は言っているのだろう。

技術は練習をすれば元に戻るし、センスは磨けばどうにかなるだろう。だけど、色をつける作業は、弾き手の感情でしかない。

でも、それがコンクールの結果を左右させると言っても過言ではなかった。

僕は、リサイタルで、彼女のためにピアノを弾いた。あの時の僕の奏でる音は、桜色だけではなく、黄色、橙色《だいだいいろ》、赤、緑、青に紫。虹のようなありとあらゆる色が出ていただろう。

だからこそ、近所の人にまでその気持ちは届いたのだ。

でも、今、僕はまた元に戻ってしまった。

原因は分かっている。

彼女がそばにいないからだ。

坂元先生の自宅から清澄白河のマンションまで三十分で着く。

「ただいま」

誰もいないのを知りながら、香澄がいた頃の癖が中々直らず、当たり前だけど返事はなかった。

練習をやっている時は紛れるものも、こうして一人になり、この部屋に戻ると彼女を思い出してしまう。

彼女の荷物は何一つ置いていないのに、彼女がここにいた痕跡は残っている。彼女が選んだマグカップや、牛柄の茶碗。お揃いのパジャマに、お揃いの箸。

それだけではない。今まで僕だけが使っていた物も、一緒に暮らし始めてからは、彼女と共同になった。鍋やフライパン。クッションやソファやベッド。冷蔵庫に貼ってあるカレンダーには、お互いのスケジュールが記入されている。ありとあらゆるところに、彼女の思い出が張り付いていて、僕は危うく叫び出しそうになった。

香澄の何もかもが恋しい。

澄んだ泉のような声。茶色い虹彩の瞳。いたずらっ子のような笑顔に、どこか寂しそうな横顔。その全てが愛おしくて、恋しい。

ふいに涙が溢れてきた。彼女がいなくなってから随分我慢していたからか何度拭っても涙は溢れ出て、ワイシャツの袖を押し当てる。

彼女と、笑っていたい。

彼女に、笑って欲しい。

たとえ、僕の心の音が香澄に聴こえたとしても、そばにいて欲しい。

僕から出ている音を聴きながら、僕の奏でる音を聴いていて欲しい。

でも……それは無理だ。無理だから、あんな酷いことをわざと彼女に言ったんじゃないか。

彼女を守るために。

沖縄に戻すために。

袖から顔を離し、自分を保たせるために、何度も何度も深呼吸する。シャツの袖には涙の跡が残っていて、それを誤魔化すために袖を捲った。

ベランダの窓を開ける。緩やかな風と共に、鎌倉とは違う喧騒が聴こえ、何度も彼女と見上げた空を見る。

香澄は、五階の窓から見える月に、手が届きそうと細い腕を目一杯伸ばしていた。そんな彼女を、僕は彼女が淹れたコーヒーを飲みながら、いつも笑って見ていた。

窓から見える公園ではバドミントンをした。自転車の練習もした。

僕はきっと、桜が咲けば彼女を思い出し、水上バスを見れば彼女を思い出す。

どこを見ても、彼女と過ごした日々を思い出し、彼女の繊細そうな顔や澄んだ声が鮮やかに蘇る。

再び涙が溢れ、止まらなくなった。

僕は香澄を愛してる。

いや、愛してるって言葉がやけに軽く感じるぐらい、僕は彼女を想《おも》ってる。

今なら分かる。

香澄が僕の初恋だった。

ピアノを弾かないと彼女を忘れられない。

音を奏でないと彼女を忘れられない。

もうだめだ。

再び音を奏でようとピアノ部屋へ向かった時だった、スマホの鳴る音がした。


つい最近まで何度も来ていた地元の駅から学校とは反対の方向に曲がる。数分歩くと、見覚えのある道が見えた。

少し坂になっていて、有名な寺があるからか、観光客と思《おぼ》しき人たちと何度もすれ違う。

苔《こけ》のついた塀を通り過ぎ、水の滴る音が聴こえる小さなトンネルを抜ける。

自宅まで来ると、玄関の門を抜け、何度も躊躇いながらチャイムを押す。思えば自宅の呼び鈴というものを一度も押したことがないのに気付いた。

約束していたはずなのに留守なようで返事がなかった。庭に行く手前の通気口の中を覗く。昔のままなら、ここに鍵があるはずだ。手を突っ込むと鍵を見つけた。

玄関に戻り、鍵を開けると中に入った。

一階の廊下を奥まで進むと、庭に面したピアノ部屋までやってきた。中央にグランドピアノがある。

屋根を開け、鍵盤の音をひとつ確認する。どうやら調律師も入れているようだ。音が崩れていない。

僕は、今からでも、あの雪の日の母さんのようになれるだろうか。

雪原で音を奏でる、美しくも切ない母さんのように。

指をぐーぱーと開いて閉じて、鍵盤に向かった時だった。

玄関から開閉の音が聞こえ、「亮介、いるの?」そんな声が聞こえた。

母さんの声だった。

僕はピアノ部屋を出て玄関に向かう。母さんが靴を脱いでいるところで、僕の顔を見ると、少し驚いた顔をし、「久しぶりね」と顔を逸らした。

「うん、久しぶり。鍵の置き場所変えてなかったんだね」

「ごめんなさい、お教室が遅れちゃって」

なんだかお互いにぎこちない会話が続き、そして途切れた。

僕は気まずくて、「ちょっと二階に」と階段を上った。

何を話していいか分からなかった。よく考えたら、僕と母さんの間にピアノ以外の会話は今まで一度もなかった。

僕たち親子は、そんな常識外れの親子だった。

二階の一番手前が、ずっと使っていた僕の部屋だ。でも就職してから一度も入っていない。必要なものは今のマンションに持ち込み、他は捨てたから部屋には何もないはずだ。いや、はずだった。

ドアを開けると、「なんで」思わず声が出た。

確かに、ゴミ袋につめて全部を捨てたはずなのに、使っていた教科書やノートや制服まで、そっくりそのまま残っていた。それまでのピアノコンクールでの写真。ピアノ関連のものも全てだ。

僕は急いで部屋を出ると、階段を下り、一階のリビングへ向かう。

勢いよく扉を開けたからか、母さんはビクッとして顔を上げる。

「荷物捨てたはずなのに……なんで」

上手く話せない。昔から母さんを前にすると、思っていることが何故か上手く話せなくなる。そして、感情のコントロールが出来なくなる。

「私が拾ったの」

「どうして?」

「あれは、あなただけの思い出じゃなくて、私の思い出でもあるのよ」

母さんはそんなことを言った。

「なんだよ、それ……なんだよ」

僕は、あの頃だって今だって母さんの気持ちが、まるで分からない。

ピアノだって、僕を産んだから諦めるしかなかったんだろ。

だからプロになれなかった自分を悔やんでいたから、子供である僕に夢を託したと思っていた。

そして夢を託したはずの息子は、結局叶えることが出来なかった。

そんな僕に幻滅してたんじゃないのか。

「ピアノ再開したのね。久米診療所の方に動画を見せてもらったのよ」

「うん。また始めようと思ってる」

「そうなのね」

母さんは、何かを考えるように言葉を止めると、

「その子がね」と再び話し始めた。

僕は母さんを見る。真正面から母さんを見るのは久しぶりだった。

以前見た時よりも、白髪が増えたようだ。心なしか痩せたようにも見える。歳をとったんだと思った。僕が歳をとるのだから、当たり前だ。

「引っ越すからって挨拶にきてくれて。それで診療所で弾いたピアノの動画を見せてく

れて、あなたがまたピアノを始めますからって。亮介のピアノが好きだって言ったの。亮介のピアノを聴けるのも、私のおかげだって。あなたにピアノを教えてくれてありがとうございますって、私、お礼を言われたのよ」

母さんは、なんだかおかしいと言いたげにクスクスと笑っている。

「ちょっと待って、診療所の方って、男の人じゃなくて？　久米先生だよね？」

「違うわ、女の子。あなたの同級生って言ってたけど、会社で会わなかった？　今年の始めにも築地の会社で働いてるって伝えたんだけど」

「彼女と今年の始めに会ってたの？」

「ええそうよ。あなたに会いに沖縄から出てきたって言ってたわ」

「僕に？」

「そうよ。ここにいないって言ったら、今いるところを教えて欲しいって言われて。でも、私は会社名までは分からなかったから、働いてる街だけ伝えて……会えたのよね？これも預かったけど」

母さんは僕の手の平に置いた。それは牛のキーホルダーがついている鍵だった。マンションと自転車の鍵がついている。

なんで気付かなかったんだ。

彼女が沖縄から出てきたのは、僕に会うためだ。

あのコーヒーショップで働いていたのは、僕があの街にいたから。

彼女は、母さんから会社の場所を聞き、僕を探していたに違いない。

そして、僕は彼女を見つけた。

いや、もしかしたら、その前から彼女は心の音で僕に気付いていたのかもしれない。

そうだ、だから再会したあの日、彼女を追いかけたあの日、彼女は僕を見て泣いていたのだ。

考えれば分かることだ。

偶然でも何でもないって。

僕たちに、偶然の出会いは、有り得ないって。

心の音が聴こえるのだから、それは有り得ないって。

彼女には僕の音が聴き分けられるって。

運命は、色んな偶然が積み重なって出来上がってるって思ってた。

でも僕たちの出会いは、彼女が求めていたものだった。

彼女が望んだことだった。

『亮介君、もうピアノを辞めないでね』

命の危険があるのが分かっていて東京に留まったのは、僕にピアノをもう一度弾かせるため。

そうなのだ、彼女は、昔も今も、いつだって僕に与え続けてくれた。

そしてそんな僕は、まだ何か、彼女に与えられるのだろうか。

16

海へと続く道を自転車に乗って下りていく。気持ちのいい風が私を包み、静かな音が聴こえてくる。

海の音、風の音。そして動物たちの音。はっきりとした感情の音ではないけれど、牛や馬が喜んでいるのか泣いているのか苦しんでいるのか、それぐらいなら聴こえてくる音で分かる。

風を切り、砂浜の脇の道を走っていく。

自転車を発明した人は天才だと思う。自分の力でこんなにも遠くへ行ける乗り物は、そうそうない。

今までは祖母や母に、音が邪魔になって事故に遭うかもしれないからと禁止されていた。でも、運転に集中すれば平気だし、人の少ない島でなら大丈夫だろう。

「かすみぃ、自転車上手くなったなぁ」

集落へとやってくると、店の前に玉ばぁが座っていた。

「でしょう?」

私は自慢げに笑った。

玉ばぁの商店は集落の中心にある。百人にも満たない島の中枢を担っていると言っても過言ではなく、島民は何か困りごとがあると、玉ばぁに相談する。

商店のすぐ横には大きなガジュマルの木があり、店を守るように枝が分かれている。玉ばぁに言わせると、そんな木の下にある店は、幸福の店なのだそうだ。

相変わらず島は緩やかに時が過ぎていき、海の音や家畜の音以外は殆ど聴こえない。島民も少なく、微かに聴こえてくる心の音は、穏やかで緩やかな音か、玉ばぁのように水滴を垂らしたような静かな音ばかりだ。

島に戻ってからは、体調も安定している。

でもこれも、いつどうなるかは、分からない。

また都会へ行き、常に頭に響く心の音を聴き続ければ、寿命は容赦なく短くなるだろう。

でも、それが私の運命であり、母から受け継いだものだ。

「玉ばぁ、コーヒー飲む？」

「おぉ、頼むさぁ」

店内はそう広くない。広くないのに色んな物が置かれている。食料品の棚、衣料品の棚、文房具の棚。本棚。島の中枢は混沌《こんとん》としている。

店の奥のレジ横にはちょっとしたキッチンがあり、そこにはかき氷の機械とコーヒーの機械とショーウィンドウが置かれている。

ショーウィンドウのガラス戸を開けると、自宅で作ったチーズケーキを入れた。コーヒー豆を挽《ひ》き、ドリッパーに入れて、お湯を注ぐ。香ばしい香りが店内を包み、ベンチで日向ぼっこしている玉ばぁの元へと届いたようだ。

「今日は何だ？」

「チーズケーキだよ」

「うんまそうだな」

コーヒーと一緒に自宅で作ったチーズケーキを持っていくと、玉ばぁは、はぐはぐと残り少ない歯を器用に使って食べた。

私も玉ばぁの横に座り、コーヒーをすする。ガジュマルの木の下はちょうどいい陰が出来ていて、日差しを遮ってくれる。

十一月の終わりとはいえ、沖縄はまだまだ暑く、太陽の日差しは容赦なく私や玉ばぁを照らし続けたけど、店前の浜辺は人から見捨てられたように閑散としていた。

「ねぇ、玉ばぁは、私や母さんがこの島に来て、気持ち悪くなかった?」

「んあ?」

「心の音が聴こえるなんて気持ち悪いでしょ?」

「あぁ」

玉ばぁは、チーズケーキを口に放り込むと、ずずずとコーヒーをお茶のようにすする。

「世の中には、まだまだわしらが知らないことなんかいっぱいあるさ。この歳でも経験しないような不思議なことが起きる」

玉ばぁの見た目は八十歳ぐらいに見えるけど、島民たちの悩みを聞いている姿は、千年は生きているようにも見えるし、人というものを超越しているようにも見える。

玉ばぁは、それぐらい貫禄があって、何事にも説得力のあるオーラを纏っていて、それなのに、心の音は静かで俗世間とは違うものを感じた。

「知っとるだろ、この島にはキジムナーがいる言い伝え」

うん、と私は見上げる。

風が吹き、さわさわとガジュマルの木がざわめいていたけれど、それは私たちの話を聞いて返事をしているみたいだ。

キジムナーはガジュマルの木に住んでいる妖怪や妖精みたいなもので、幸福を呼ぶと言われている。

だから、この店も幸福の店と呼ばれている。

「あんたもあんたの母さんも、キジムナーと同じもんだろ。だから、気持ち悪くなんかねぇ、なんくるねぇさ」

相変わらず、心を乱すことなく、チャポンと水滴が落ちるような静かな音を響かせている。

玉ばぁぐらいだ。こんな私を、気持ち悪がらず、幸福を呼ぶ妖精だと言ってくれるのは。

「あんたこそ、気持ち悪いだろぉ」

「え？　私？」

「あぁ、聴きたくないもん聴いて、知りたくないもん知って、人間ってやつは欲深い生き物だからな」

玉ばぁは、まるで自分は人間とは違う生き物だと言いたげだ。

「まぁ、でもそれだけでもないから」

「そうか？」

「うん」

凪《なぎ》が私たちを包み、いよいよ本格的に太陽が真上に昇った頃、島内にアナウンスが流れた。そろそろ定期船がやってくる時間だ。

海の向こうに水しぶきを放つ船が見えた。白い煙を出しながら、ポーポーッと何度も入船の汽笛を鳴らしている。

「玉ばぁ、私、行ってくるね」

「おぉ、気ぃつけてな」

一週間に一度の定期船が来るたびに、私は波止場に顔を出していた。

店の仕入れの荷物が届くからというのもあるけれど、変な観光客が来ないか、確認するためでもあった。

邪悪な心の音をしている人が島を訪れ、悪さをしていくのを防ぐためだ。

島は小さいし、のどかなので、すぐに支配されてしまう。

悪さをするだけではない。最期の場所に選んでやってくる者もいる。

もし、そういった観光客がいた場合は、玉ばぁに話すと、島の駐在さんに上手く伝えてくれる手筈《てはず》になっている。

だから、連絡船が来る時は、いつも耳を澄ましていた。

コーヒーカップをミニキッチンへ持っていくと、食器が積まれている流しの横にノートを見つけた。

東京のブルックリンで亮介君と交換したノートだった。

白をベースにした黒の水玉。差し色の赤でゴムバンドがついている。

裏には、KASUMIと名前が印字してあり、中身は、無地のノートだ。

私は躊躇いながらも手に取り、ノートを開いた。

でも中はまっさらだった。

結局、何も書けなかった。本当は亮介君との新しい生活を日記として残そうと思っていた。

でも書けなかった。

書いてしまえば、絶対に悲しみや寂しさが襲ってくると思ったからだ。

だけど、これも鎌倉に置いてくればよかった。

ここに書いていなくても、彼との記憶は頭の中に残っていて、彼と交わした会話は一言一句思い出せた。

「香澄、何してる、船着くぞ」

「うん。今行く」

ノートを閉じると、気持ちを振り払うように、店を飛び出した。

店の前にある自転車に乗り込むと、

「いってきます！」と玉ばぁに声を掛け、出発する。

白い煙を出している定期船が、何度も何度も汽笛を鳴らし、自分の存在をこれでもかとアピールしている。

そんな中、私は彼への思いを断ち切るように自転車を漕いだ。

海沿いの砂浜は、音を鳴らしながら潮風を運んできて、私を包む。

それでも、頭の中は彼で埋め尽くされていた。


ピアノは、続けているだろうか。

お母さんとは、またぶつかっていないだろうか。

心の音は、落ち込んでいないだろうか。

コンクールは、どうしただろうか。


自転車を漕ぎながら、白い砂浜を通り過ぎ、空を仰いで潮風を思いっきり吸い込む。

それでも、頭の隅にすっぽりと隠したはずの彼の心の音は、拭っても拭っても消えて無くならない。

沢山の心の音が頭を埋め尽くし、具合が悪くなるのに、東京で彼と色んな場所を巡ったのは、ただただ普通の女性のように生きたかったから。

短くてもいいから、彼のそばにいたかったから。
好きな人と好きな場所で笑い合う。
自転車に乗って、映画を観て、美味しいご飯を食べる。
そんなことが私にとっては奇跡だった。
彼と過ごす毎日が私には奇跡だった。

例えばもし、もう一度、彼に会えたら私は何て言うだろう。
ピアノ頑張ってる？
ハンバーグ食べてる？
オムライス食べてる？
オムハンバーグは？
そんな他愛もないことを聞くのかな？
いや、違うか。
もし、また彼の心の音を聴く日があるのならば、

あの日、あの時、私は音楽室で、

あなたの音に惚れました。

あなたが私の初恋でした。

そして、最後の恋でした。


そう言おう。


集落から五分ほど自転車を漕げば、波止場に着く。一週間に一度の定期船だからか、島民総出で迎えていて、祭りのように賑わっている。

既に、定期船は到着していて、自動車や軽トラックが往来していた。

「しまった、遅れた」

東京にいる頃より、島時間になっている自分を恨んだけれど、その車やトラックは、島民のようで、観光客のものではないようだった。

自転車を定期船に横付けすると、船員から段ボールを受け取る。これには店に置くための雑誌やら食料品が入っている。自転車の荷台に括りつけられる大きさで、それほど重くはなく、私一人でも充分運べる大きさだ。

「なんね、香澄ちゃん、自転車乗るようになったん？」

「うん、そう！　いいでしょう」

ニヒッと笑顔を向ける。

顔見知りの島民仲間に挨拶をすると、屋根のついたタラップに目を向ける。荷物を持って渡ってくる乗客たちに耳を傾けた。

邪悪な心の音がないか。

だけど、チャプンチャプンと、波止場にぶつかる波の音と混ざりあう乗客たちの心の音は、穏やかな心地よい音で溢れている。

真っ黒に日焼けした島民たちが、三線を弾きながら、そんな観光客たちを出迎える。

今日は大丈夫そうだ。

「じゃあ、私行くね」

島民に挨拶し、自転車を動かして波止場を後にしようと漕ぎ始めた時だった。島民たちの穏やかな音と共に、

シャラランン

鈴のような軽やかな音が聴こえてきた。

シャラランン

中学生の頃、あの音楽室で初めて聴いた音だった。ピアノの音と混ざりあった不思議な鈴のような音。

この音を、私は絶対に間違えたりしない。

慌てて自転車をその場に停めると、賑やかな音楽と共に踊る島民や、それを見ている乗客たちの顔を一人一人確認しながら、船へと近付いた。

船の積み荷から、アップライトピアノが一台、クレーンで持ち上げられているのを見つけた。

太陽の光を浴びて、黒々した色が、より一層光を増して、そこだけが美しく輝いている。

シャララン

シャララン

姿はまだ見えない。でも、風が吹き、海や動物たちの音と混ざって、彼の穏やかな心の音が、私の住む島に響き渡った。

エピローグ

私の人生は生まれたその日から、余命宣告されたようなもの。

それならば、もう一度彼に会いたい。


母の四十九日が終わったその日、私は玉ばぁ宛てに手紙を置いて、船で沖縄本島に渡り、飛行機で東京を目指した。

そして、鎌倉のあの街へやってくると、すぐに由良君の実家へと足を向けた。

対応してくれた由良君のお母さんは、私が中学の同級生だと知ると、大学で鎌倉を離れ、築地の会社に入社したと教えてくれた。

会社員？　どうして？　ピアノは？

その日、私は教えてもらった築地の街に降り立った。でも、やはり都内のオフィス街は人通りも多く、あてもなく彼を探しながら歩いたけど、そう簡単に見つかるはずもなかった。

しかも聴こえてくる心の音が多すぎて、頭が破裂寸前だった。

「もうやめとけよ」

久米先生に診てもらうと、顔色も悪いし脈が速いと言われた。沖縄から出てきたばかりなのに、急に大勢いる場所に来たから、身体や頭がついていけずに驚いているようだ。

「分かってる。彼の顔を見たら帰るから」

でも、それでも私は彼に会いたかった。

何日か築地周辺を探したけど、由良君は見つからなかった。

だけど、ある日だった。

シャララン

聞き覚えのある音を聴いた。

でも、音が聴こえる方を振り返っても、スーツを着ている男性ばかりで、どの人が由良君か分からなかった。

人を掻き分け、音を追いかける。でも人の波が押し寄せて、結局、見失ってしまった。

でも、あの心の音は、中学生の頃にいつも聴いていた彼の音に間違いなかった。

彼の姿は見えないのに音だけは聴こえて、確かにここに、この街のどこかに、彼がいるのだと知らせてくれた。

やっぱり由良君は、この街にいる。

辺りを見渡すと、お洒落なコーヒーショップがあった。あそこで働けば、彼にいつか会えるかもしれない。

それから私は直ぐにコーヒーショップで働き始めた。でも、彼は中々現れなかった。

耳を澄まして音を確認したけど、由良君の心の音は聴こえなかった。

シャララン
ジャラランガタラララン

今日、とうとう彼が店にやってきた。心の音を聴いて、一瞬で分かった。

九年振りに会った彼は、身長も伸びていてすっかり大人になっていた。

だけど、彼は私を見ても気付かなかった。

それもそうだ、私だって、顔も見た目も、何もかも成長して変わっているだろう。

それに、どうしたのだろう。

彼から聴こえてくる心の音が曇っている。彼の心の音が沈んでいる。

毎日のように音楽室で聴いていた、あの音が聴こえない。

本当は、一目彼を見たら沖縄に帰るつもりだった。あわよくば、ピアノの音も一緒に、なんて思っていたのに。

「ありがとうございました」

彼は、目が合って挨拶をしても、どこか心ここにあらずの顔をし、私を通りすがりの人と同じ扱いをした。

私が心の音で気付いたように、彼が私に気付く訳がない。

だけど、どうしてそんなに寂しそうな音を出しているのだろう。

どうしてピアノを辞めてしまったのだろう。

私は、あの音に救われていたのに。

彼の鳴らす音は、私だけではなく、沢山の人に届く音なのに。

決めた。明日もし彼が店に来たら、声を掛けよう。

久しぶり、覚えてる？　って声を掛けよう。

彼が私を覚えていてくれたら嬉しい。

あの頃のように、ピアノを弾いてくれたら嬉しい。

シャララン
シャララン

シャララン
シャンシャンシャン

今日、いつも聴こえる彼の音に変化があった。

どこか弾むような音をしていて、その音は私に向けられている。それは初めて音楽室で会った時と似ている音だった。

仕事が終わり、店を出て、駅に向かって歩いていると、彼が追いかけてくるのに気付いた。

背中から彼の鳴らす音が聴こえて来たからだ。

シャララン
シャララン
シャンシャンシャン

シャンシャンシャン

あの頃のような鈴のような音。それに加えて弾む音をさせている。

追いかけてきてくれたのが嬉しくて、私は泣きそうになった。いや違う、すっかりと泣いていたはずだ。

私は我慢できず、声を掛けられる前に振り返った。

END

本書は、集英社文庫のために書き下ろされた作品です。
本文デザイン／高橋健二（テラエンジン）

持地佑季子の本

クジラは歌をうたう

君は今、何を見て、何を思っていますか?
12年前に亡くなった彼女のブログに突然現れた
メッセージ。東京と沖縄、18歳と30歳。時間と
場所を超えて綴られる、彼女と僕の物語。

七月七日のペトリコール

親友の命日にかかってきたのは、高校生の自分
からの電話。不思議なループを繰り返しながら、
和泉は親友の死を食い止めようとするが……。
過去と現在から謎を追う青春ループミステリー。

集英社文庫

S 集英社文庫

ハツコイハツネ

2024年3月25日　第1刷　　定価はカバーに表示してあります。

著　者　持地佑季子《もちじゆきこ》

発行者　樋口尚也

発行所　株式会社 集英社
東京都千代田区一ツ橋2-5-10　〒101-8050
電話　【編集部】03-3230-6095
【読者係】03-3230-6080
【販売部】03-3230-6393（書店専用）

印　刷　中央精版印刷株式会社　株式会社美松堂

製　本　中央精版印刷株式会社

フォーマットデザイン　アリヤマデザインストア　　マークデザイン　居山浩二

ISBN978-4-08-744630-2 C0193